パワハラ聖女の幼馴染みと絶縁したら、
何もかもが上手くいくようになって
最強の冒険者になった
～ついでに優しくて可愛い嫁もたくさん出来た～
2
くさもち
Illust.
マッパニナッタ

ダッシュエックス文庫

パワハラ聖女の幼馴染みと絶縁したら、何もかもが上手くいくようになって最強の冒険者になった2

～ついでに優しくて可愛い嫁もたくさん出来た～

くさもち

28章 〝斧〟の聖女は町の敵!?

城塞《じょうさい》都市オルグレン北の山岳《さんがく》地帯で〝地〟と〝生命〟を司《つかさど》る女神――テラさまを解放した俺たちは、勇者パーティーとしてほかの神々に助力を請《こ》うべく、スザクフォームに聖女たちを抱き、東へと向かっていた。

テラさまの話だと、なんでも東の砂漠地帯には荒れ狂う〝風〟の神――〝トゥルボー〟さまがいるらしい。

そしてそのトゥルボーさまもまた〝女神〟だという。

創《はじ》まりの女神さまは言わずもがな、〝火〟のイグニフェルさまに〝雷〟のフルガさま、そして〝水〟のシヌスさまも皆女性らしいのだが、やはりそれには何か理由があるのだろうか。

そこら辺の事情に関してはよくわからないのだが、確かにお目にかかるならゴリマッチョのおっさんよりも綺麗《きれい》なお姉さんの方がいいからな。

まあ初期テラさまことジボガミさまは凄《すご》いことになってたけど……、と俺があの時のことを思い出して顔を引き攣《つ》らせていると、右腕に抱えていた銀髪の美女が言った。

「しかし砂漠地帯か。訪れるのははじめてだが、やはり暑いのであろうな」

俺の正妻で〝槍《やり》〟の聖女――アルカディアことアルカである。

「そうですね。いくら私《わたくし》たちにもイグニフェルさまのお力が宿っているとはいえ、治癒《ちゆ》力にも限度があります。しっかりと水分補給をしておかなければ」

そしてアルカの言葉に賛同するのは左腕に抱えていた金髪の美女。

俺の妾《めかけ》にして〝杖《つえ》〟の聖女――マグメルだ。

「ああ、そうだな。ところでマグメルは本当に俺たちと一緒に来てよかったのか？　君はオルグレンの聖女さまだろ？」

「ええ、もちろんです。イグザさまのおかげでオルグレンの町には笑顔と活気が戻りました。フレイルさまを含め、皆さまが姿なき英雄に心から感謝しております。であればこそ、今度は私たちの方がイグザさまのお力になりたいと考えるのは至極《しごく》当然の道理でございましょう」

「そっか。ありがとな」

「いえ、それはこちらの台詞《せりふ》です」

と、柔和《にゅうわ》に微笑《ほほえ》んだマグメルだったが、彼女はそのまま頰《ほお》に朱《しゅ》を散らし、恥《は》ずかしそうにこう付け足してきた。

「もっとも、私はイグザさまのお側《そば》から離れる気などはじめからありませんでしたけれど」

「そ、そっか。それはその……うん。ありがとう。嬉《うれ》しいよ」

「はい♪　だって私はもうあなたさまだけのものですから♪」

そう嬉しそうに笑い、一層身を寄せてくるマグメルに俺も口元を綻《ほころ》ばせていたのだが、

「まあ私は二人きりの方がよかったのだがな」

「ええ、そうでしょうね！　私もそうですもの！」

というように、相変わらずうちのお嫁さんたちは互いに火花を散らし合っていたのだった。

◇

それからしばらく飛んだ後、俺たちは砂漠地帯の入り口とも言うべき地点に町を見つける。

商業都市――〝アフラール〟である。

無駄に目立ってもよくないので、俺たちは近くの岩場に降りてからアフラールへと赴《おもむ》く。

やはり砂漠地帯との境界線にある町だからなのか、アフラールの建物はそのほとんどが強固な石造《いしづく》りであり、砂嵐などの災害にも耐えられる設計になっているようだった。

ただ建物自体の色は黄土色《おうどいろ》というか、どこも同じような感じで、一見すると地味なようにも思えるのだが、商業都市らしく店先には色とりどりの生地《きじ》や工芸品などが並んでおり、町自体の活気はかなりのもののように思えた。

が。

「し、死んでしまいますわ……」

というように、照りつける日差しがとにかく強く、少し歩いただけでマグメルが汗《あせ》だくになっていた。

「だ、大丈夫か？」

俺はイグニフェルさまのおかげで火属性というか、熱にはとても強いのでとくに苦になるようなことはないのだが、彼女はまだ《火耐性》を習得していなかったらしい。

俺から分けられた力もこの暑さの前ではあまり意味がないようだった。

「まあオルグレンは城塞都市である前に山岳都市だからな。ここは気温の高低差もかなりあるし、まだ暑さに身体《からだ》が慣れていないのだろう。だがそんなに暑いのならば、いっそのことその娼婦《しょうふ》のような服を全《すべ》て脱ぎ捨ててしまったらどうだ？」

「ご、ご冗談を……。私がこの身をさらけ出すのは愛するイグザさまの前だけですので……」

聖杖《せいじょう》に体重を預けながら、マグメルが息も絶え絶えに言う。

こんな状況ではあるが、正直そう言ってくれるのは凄く嬉しい。

俺だってほかのやつらに彼女の裸《はだか》を見てほしくはないし、絶対に見せたくもないからな。

下着姿にしても然《しか》りだ。

……。

いや、なんの話だよ!?

思わず神妙《しんみょう》に頷《うなず》いちまったわ!?　と自分で自分に突っ込みを入れつつ、俺は話を元に戻す。

「と、とにかく宿をとって一度休憩《きゅうけい》しよう。トゥルボーさまの情報も手に入れたいしな」

「ああ、同感だ」

「わ、わかりました……」

頷く二人を連れ、俺は近くにあった割と大きめの宿へと入っていく。

すると、真っ先に商人らしき人たちの会話が耳に飛び込んできた。

「また襲《おそ》われたらしいぞ？　これで何度目だ？」

「さあな。もう数えんのも馬鹿《ばか》らしいっつーかなんつーか……。しっかし迷惑な話だぜ。こんなことを続けられたら俺たちゃ商売あがったりだっつーの」

「でもあの女に勝てるやつなんているのかよ？　自警団が雇《やと》ったっていう名うての冒険者たちでも手に負えなかったんだろ？」

なんの話をしているのかはわからないが、どうやらかなり困っているらしい。

俺たちが揃《そろ》って顔を見合わせていると、アルカがやれやれと肩を竦《すく》めて言った。

「どうせ話を聞いてきたいのだろう？　まったく、お人好《ひとよ》しなやつだ。まあそれがお前のよいところでもあるのだがな」

「はは、ごめんよ。じゃあ悪いけど宿の手続きは任せていいかな？　マグメルも先に休んでいていいからさ」

「申し訳ございません……」

「いやいや、気にしなくていいよ」

そう笑いかけた後、俺は二人と離れて商人たちのところへと近づく。

「あの、すみません」

「？」

そして詳《くわ》しく話を聞いてみると、どうやらこの辺《あた》りには赤髪の若い女性を首領とした〝盗賊《とうぞく》団〟が頻繁《ひんぱん》に出没しているらしく、昨日もほかの商人の馬車が襲われたという。

しかも。

「その女ってのがめっぽう腕の立つやつでな。身の丈《たけ》ほどもある斧《おの》をぶん回してとにかく暴れまくるのよ」

「へえ、そりゃまた随分《ずいぶん》とワイルドな人ですね」

「ワイルドなんてもんじゃねえよ。確かに堪《たま》らねえ体つきをしちゃいるが、俺はごめんだね。あんなのグレートオーガを相手にするようなもんだ」

ちなみに、〝グレートオーガ〟というのは馬鹿みたいに力の強い筋骨隆々《きんこつりゅうりゅう》の人型魔物である。

そんなものにたとえられるくらいなのだから、よほどパワフルな女性なのだろう。

一体どんな人なのか。

一目その姿を見てみたいなと俺がぼんやり考えていた——その時だ。

「——と、盗賊団だあああああああああああああああっ!?」

「「——っ!?」」

ふいに男性の悲鳴が外から響き、俺は商人たちをその場に残して宿の外へと駆ける。

「イグザ!」

遅れてアルカも俺の隣に並び、ともに逃げ惑《まど》う人々の波を視界に捉《とら》えていると、向こうの方から猪《いのしし》型の魔物に跨《また》がった狼面《ろうめん》に赤髪の女性が猛スピードで近づいてくる姿が見えた。

そして彼女はその輝く斧を振り上げて吼《ほ》える。

「そらそらそらそらッ! 早く逃げねえと踏み潰《つぶ》しちまうぜッ! この〝斧〟の聖女——オフィールさまがなあッ!」

「「——っ!?」」

どうやら次の聖女もまた一筋縄《ひとすじなわ》ではいかなそうなのであった。

29章　目に見えない問題

「おい、やめろ！」

「……あん？」

堪《たま》らず目の前に飛び出した俺たちに、〝斧《おの》〟の聖女――オフィールは手綱《たづな》を引いて魔物の足を止めさせる。

狼面《ろうめん》とフードの付いた外套《がいとう》で容姿を隠してはいるが、その隙間《すきま》から覗《のぞ》く赤髪はまるで燃え盛る炎のようで、彼女の鍛《きた》え上げられた淡褐色《たんかっしょく》の肉体によく映《は》えていた。

ただ服装が少々セクシーすぎるというか……正直、ほぼ下着な上、胸元の豊かさがとにかく凄《すご》かった。

たぶんマグメルより大きいのではなかろうか。

「なんだてめえらは？　……あっ？」

と、そこで何かに気づいたらしいオフィールは、アルカに対して不敵に笑う。

「へえ、てめえは聖女だな？　しかも〝槍《やり》〟の聖女か？　はっ、こいつは驚きだぜ。まさかこんなところであたし以外の聖女に会えるとはな」

「ああ、確かに驚きだ。よもや聖女ともあろう者が盗人《ぬすっと》に堕《お》ちていようとはな。まあ聖女のくせに人の男に抱かれることしか考えていないド淫乱《いんらん》女もいるわけだが……」

へくち!? と宿の方からマグメルのくしゃみらしきものが聞こえたような気がしたが……たぶん気のせいだろう。

「で、その聖女さまが男連れでこのあたしに一体なんの用だってんだ? まさかてめえのノロケ話を聞かせにきたわけじゃねえだろうな?」

「はは、それはそれで楽しそうだがな。残念ながら別件だ。——お前の行為が目に余る」

「へえ、そりゃ随分《ずいぶん》とおもしれえことを言うじゃねえか」

よっ、とオフィールが魔物から飛び降りる。

よく躾《しつ》けられているのか、魔物はオフィールが離れてもその場で大人しくしていた。

「だからあたしに喧嘩《けんか》を売ろうってか?」

オフィールが狼面を上げ、その容姿を白日の下へと晒《さら》しながら近づいてくる。

たぶん年齢は俺たちよりも少し上——マグメルと同じくらいだろう。

想像通り、快闊《かいかつ》な感じの美女であった。

「ええっ? どうなんだ?」

ぐいっとオフィールが威圧《いあつ》的にアルカの顔を覗き込む。

体格ではあきらかにオフィールの方が上だ。

先ほど商人の一人が彼女を〝グレートオーガ〟だと揶揄《やゆ》していたが、まんざら間違ってはいないのかもしれない。

アルカも女戦士の村生まれゆえ、オフィールに負けず劣らずの素晴らしい体軀《たいく》をしているのだが、言うなればアルカはスピードタイプの戦士で、オフィールはパワータイプの戦士だろう。気性もかなり荒そうだし、いざとなったら力尽《ちからず》くでも止めに入らなければ。

俺がそう固唾《かたず》を呑《の》んで見守っていると、アルカはいつもの涼《すず》しい顔で言った。

「別に喧嘩を売るつもりはない。まあお前がそれを望むというのであれば今すぐにでも売ってやらんこともないがな」

「はっ、口だけはいっちょ前じゃねえか、槍使い。で、喧嘩を売るつもりがねえってんなら一体なんの用だってんだ？　てめえの世間話《せけんばなし》に付き合ってやるほどこっちも暇《ひま》じゃねえんだよ」

「だから言っただろう？　〝お前の行為が目に余る〟と。何故《なぜ》町の平穏《へいおん》を乱すような真似《まね》をする？」

「んなもんこの町が気に食わねえからに決まってんだろ？」

それを聞き、アルカは呆《あき》れたように嘆息《たんそく》する。

「やれやれ、そんな理由で暴れられては堪ったものではないな」

「はっ、よそ者が知ったような口を利《き》きやがって。まあてめえらにゃわかりゃしねえだろうよ

――この町が〝平穏〟に見えてるてめえらにはな」

「……それはどういう意味だ？」

訝《いぶか》しげに問うアルカに、オフィールはふんっと鼻で笑って言った。

「目に見えてるもんだけが全《すべ》てじゃねえってことだ」

「……ふむ」

何か思うところがあったのか、アルカが考え込むような仕草《しぐさ》を見せる中、オフィールは再び魔物に跨《また》がりながら言った。

「まあ同じ聖女のよしみだ。あたしの邪魔をしねえ限りはこっちも手を出すつもりはねえ。せいぜい男遊びにでも勤《いそ》しんでるんだな」

「ふむ、それは実にいい提案だが……最後に一つだけ聞く。お前はこの町を一体どうするつもりなのだ？」

アルカの問いに、オフィールは得意げに聖斧《せいふ》を担《かつ》いで言った。

「だから決まってるっつってんだろ？　この町はあたしが……いや、あたしたちが完膚《かんぷ》なきまでにぶっ潰《つぶ》してやるんだよ！」

◇

結局一通り暴れるだけ暴れた後、オフィールたち盗賊団《とうぞく》は町を去っていった。

あとで宿の主人に聞いた話だと、彼女たちはいつも砂漠の方からやってくるらしく、恐らくは遺跡群を根城《ねじろ》にしているのではないかとのことだった。

もちろん俺たちも盗賊団を止めようとはしたのだが、アルカの提言で少し様子を見ることにしたのである。

その結果、僅《わず》かだがわかったことがあった。

オフィールたちは無差別に人々を襲《おそ》っているわけではないということだ。

子どもやお年寄りなどの弱者は絶対に襲わず、どちらかというと商人が多く襲われているように見えたのである。

それが何を意味しているのかはわからないが、アルカは彼女の言った〝目に見えているものだけが全《すべ》てではない〟という言葉が引っかかっているようだった。

「申し訳ございません……。私《わたくし》が暑気《あつけ》にさえやられていなければ……」

夕食の席でマグメルがそう頭を下げてくる。

どうやらこの地域は昼夜の寒暖差がかなり激しいらしく、気温が下がったことで彼女も回復したらしい。

「いや、気にしなくていいよ。それより体調はもう大丈夫なのか？」

「はい、おかげさまでもうばっちりです。ご迷惑をおかけしました」

再度頭を下げてくるマグメルによかったと微笑《ほほえ》みつつ、俺は先ほどから無言を貫《つらぬ》いていたアルカに尋《たず》ねる。

「やっぱりオフィールの言葉が気になるのか？」

「ああ。確かに一見するとただの迷惑なオーガだが、やつらの様子を窺《うかが》っていてもう一つ気づいたことがあってな」

「気づいたこと？」

「うむ」

神妙に頷《うなず》いた後、アルカは確信を持ってこう言った。

「あの盗賊団は皆――年端《としは》もいかぬ〝子どもらの集まり〟だ」

「子どもらの集まりって……」

確かに面《めん》越しにも若そうだとは思っていたけど……。

「つまりそのオフィールという聖女が身寄りのない子どもたちを養っていると？」

「ああ、その可能性が高いだろう。ただ〝盗賊団〟とも呼ばれているように、あいつらがやっていることはただの盗人だ。少なくとも現時点ではそう言わざるを得ない」

「そうだな。となればまずは情報収集だ。きっと何か事情があるはずだし、明日は朝から町の人たちに聞き込みをしてみよう」

「ああ、わかった」「ええ、わかりましたわ」

◇

そうしてそのまま就寝を迎えるかと思いきや、

「おい、何故お前までベッドに入ってくる？　今夜は私の番だぞ？」

「ふふ、何を仰《おっしゃ》っているのですか？　あなたは昨晩、私が気を失ったのをいいことにイグザさまを誑《たぶら》かしたのですから、今夜は私の番でしょう？」

というように、俺を挟《はさ》んで本日のお相手はどちらか論争が勃発《ぼっぱつ》していた。

てっきりオフィールの件が終わるまでそういうことはお預けかと思っていたのだが、どうやら彼女たちにその気はなかったらしい。

まあ男としてはこうやって求めてもらえるのはとても嬉《うれ》しいことなので、なんとも言えないのだが……。

「〝誑かした〟とはまた随分な物言いだな、淫乱聖女。そもそもイグザの愛に耐えきれなかったお前の軟弱さが原因だろう？」

「さあ、それはどうでしょうか？　むしろあなたに向けられた愛が私よりも少なかったのでは？　その点、私には失神するほど激しく愛してくださいましたけれど」

「……ほう？」

「……何か？」

ごごごごごっ、と今にも戦闘が始まりそうな空気が室内に張り詰める中、俺はもう二人同時に相手にするしかないのではと顔を引き攣《つ》らせる。

だが彼女たちがいつも以上に積極的だったのにはどうやら別の理由があったらしい。

「……やれやれ」

ふいにアルカがそう嘆息し、張り詰めていた緊張感が一瞬にして消える。

そして彼女はどこか不服そうに視線を逸《そ》らして言った。

「焦燥《しょうそう》を覚えているのは私も同じということか……」

「そのようですね。恐らく危惧《きぐ》していることは一緒かと」

「？」

危惧……？　と俺が小首を傾《かし》げていると、マグメルがこちらを見やって言った。

「イグザさまはそのオフィールという聖女と出会ったことが本当に偶然だと思いますか？」

「えっ？」

「テラさまのご助言に従い、風の女神さまのお膝元《ひざもと》に着いた矢先、通常であれば複数人現れることすら珍《めずら》しい聖女——その三人目が姿を現したのです。これが果たして偶然と言えるでしょうか?」

「それは……」

　確かに偶然にしては出来すぎている気がする。

　二人にはまだ言ってないけど、俺からしたら〝四人目〟の聖女になるわけだからな。

　さすがにそこまでいくと聖女と出会うことが運命になっている気がしなくもない。

「でもたとえそうだとして、それがそんなに危機感を抱くほどのことなのか?」

　と、俺としては何気なく言ったつもりだったのだが、

「当然だ!」「当然です!」

　二人同時にそう声を張り上げられ、「そ、そうか……」と頷くことしかできなかった。

　だが彼女たちが焦《あせ》りを感じていた理由は早々に判明する。

「――だってその方が〝三人目の妻〟になるかもしれないんですよ!?」

　あ、そういう……。

「いや、三人目の妻って……」

「そんなことあるはずがないとお前は思っているだろうが、本当に確信を持ってそう言えるのか?　あの女の問題を解決した後、お前に惚《ほ》れることは絶対ないと」

「そ、それはなんとも……」

「私の女の勘《かん》がきゅんきゅんと告げてきているんです。早急にイグザさまと子を生《な》し、正妻の座を盤石《ばんじゃく》のものにせよと」

そう言って下腹部に手を添えるマグメルだが、女の勘はそこにはないと思うなぁ……。

というか、アルカも前に〝子宮がきゅんきゅんした〟って言ってたけど、何故うちのお嫁さんたちは揃《そろ》いも揃ってそこをきゅんきゅんさせるのだろうか……。

「と、まあそのようなわけで、この女も正妻の座を虎視眈々《こしたんたん》と狙《ねら》っているからな。それを阻止《そし》すべく、そしてたとえ三人目が現れようとも私が一番であることが揺らがぬために、お前には毎日抱かれることにしたのだ」

「右に同じです」

「な、なるほど……」

だからこの状況でも迫ってきたというわけだ。

でも本当にオフィールが俺の嫁になることなどあり得るのだろうか。

気も強そうだし、盗賊団の面倒《めんどう》を見ているというのであればそう簡単にはならないと思うんだけど……。

え、ならないよね……？　といまいち確信が持てない俺なのであった。

◇

その後。

「あ、はあっ……んっ、あ、そこ……や、すごっ……あっ、んっ、あっ……」

俺は一糸纏《いっしまと》わぬ姿になったアルカを後ろから激しく何度も突き続けていた。

「んっ、あっ、んんっ……あっ、あっ♡　ダメっ……あっ♡　んっ……あ、んっ……あっ♡」

腰と腰がぶつかる度《たび》に彼女の豊かな乳房《ちぶさ》がまるで生き物のように跳《は》ね回り、秘所から溢《あふ》れた蜜《みつ》と汗《あせ》が一緒くたになってシーツの上へと勢いよく飛び散る。

一体どれほどそうやって彼女を愛し続けていただろうか。

「あっ♡　んっ、ああっ♡　やっ……んっ、あっ♡　んっ♡　ああっ♡　あっ、はあんっ♡」

最初は呻《うめ》く感じだったアルカの喘《あえ》ぎが次第《しだい》に大きくなり、声質《せいしつ》もどんどん甲高《かんだか》くなっていく。

「アル、カ……っ」

同時に俺の腰を打ちつける速度も増していき、身体《からだ》の奥底から堪《こら》えきれないほどの快感が駆け上がってくる。

そして。

「や、あっ♡　イ、クっ……あっ♡　いっ、くうううううううううううううっっ♡」

「う、ぐっ……」

びくびくと背筋《せすじ》を反《そ》らし、絶頂を迎えたアルカとともに、俺もまた大量の精を彼女の中へと解き放つ。

「はあ、はあ……」

そうしてぼふっと汗だくのままベッドに倒れ込んだアルカの横には、同じくうつ伏せのままぐったりとしているマグメルの姿があった。

一応公平にクジで順番を決めたのだが、失神こそしなかったものの、やはりかなりこたえたらしい。

「ふふ……」

が、そんな彼女に対し、アルカは呼吸を整えつつも勝ち誇ったように言った。

「これでもまだ私に向けられている愛が少ないと……？　言っておくが、私はまだまだ愛し合えるからな……？」

「くっ……」

「どうやら格の違いを理解したようだな……。ならば大人しくそこで指でも咥《くわ》えているがいい……。もちろん私はその間にイグザの逞《たくま》しいものをたっぷりと咥えさせてもらうがな……」

そう妖艶《ようえん》な笑みを浮かべるアルカに、マグメルが「なんて下品な……っ」と唇《くちびる》を嚙《か》み締める。

だがマグメルはふと表情に余裕を取り戻して言った。

「……そういえば、あなたにはまだあの時の〝借り〟を返していませんでしたね？」

「……なんのことだ？」

当然、訝《いぶか》しげに眉根《まゆね》を寄せるアルカだが、何を考えているのか、おもむろに上体を起こしたマグメルは「お、おい!?　何をする!?」と困惑《こんわく》するアルカを仰向《あおむ》けにし、その上に覆《おお》い被《かぶ》さろうとする。

「くっ、身体が痺《しび》れて……っ」

本来であれば力尽《ちからず》くでマグメルを押しのけるところなのだろうが、達したばかりで身体に力が入らなかったらしく、アルカはあっという間に組み伏せられてしまう。

「お、お前、一体何を……あっ!?」

「──っ!?」

突如《とつじょ》響いたアルカの嬌声《きょうせい》に、俺は一体何が起こったのかと目を丸くする。

「……やっぱり胸が弱いんですね。私と同じで……」

「くっ、そんな、ことは……んんっ!?」

どうやらマグメルがアルカの乳首をきゅっと摘《つ》まみ上げたらしい。

確かに俺としている時も自分で弄《いじ》ったりしていたし、かなり敏感な部分ではあるのだろう。

問題は何故その敏感な部分をマグメルが責めているのかなのだが……。

「それにこっちも……」

──くちゅりっ。

「あっ⁉　そ、そこはイグザにしか……んんっ⁉　や、やめっ……ん、ああっ⁉」

「こんなに濡《ぬ》らして本当にはしたない人……。そんなに私の指が気持ちいいんですか……？」

「ち、違っ……あっ⁉　そ、それはイグザに……んんっ⁉　し、してもらったからで……ひあっ⁉　わ、私は……はあんっ⁉　か、感じてなどいな……いひぃっ⁉」

「……っ」

なんだろう。

何故かはわからないけど凄く興奮《こうふん》する。

ごくり、と生唾を呑み込み、俺が一人昂《たかぶ》っている間も彼女たちの絡《から》みは続いていく。

「あの時のお返しです……。皆さまの前でショーツを晒した私のように、イグザさまの前で私にイかされる恥辱《ちじょく》を存分《ぞんぶん》に味わってくださいませ……」

――ちゅうっ。

「ふわあっ⁉　そ、そんなに強く吸ったら……はぅんっ⁉」

マグメルに乳首を吸われ、アルカが快楽に身悶《みもだ》えする。

そして。

「や、あっ……も、もうダメぇ……あ、あああああああああああああああああっ⁉」

――びくんびくんっ。

アルカが絶頂を迎え、弓なりに反っていた身体がふいに弛緩《しかん》する。

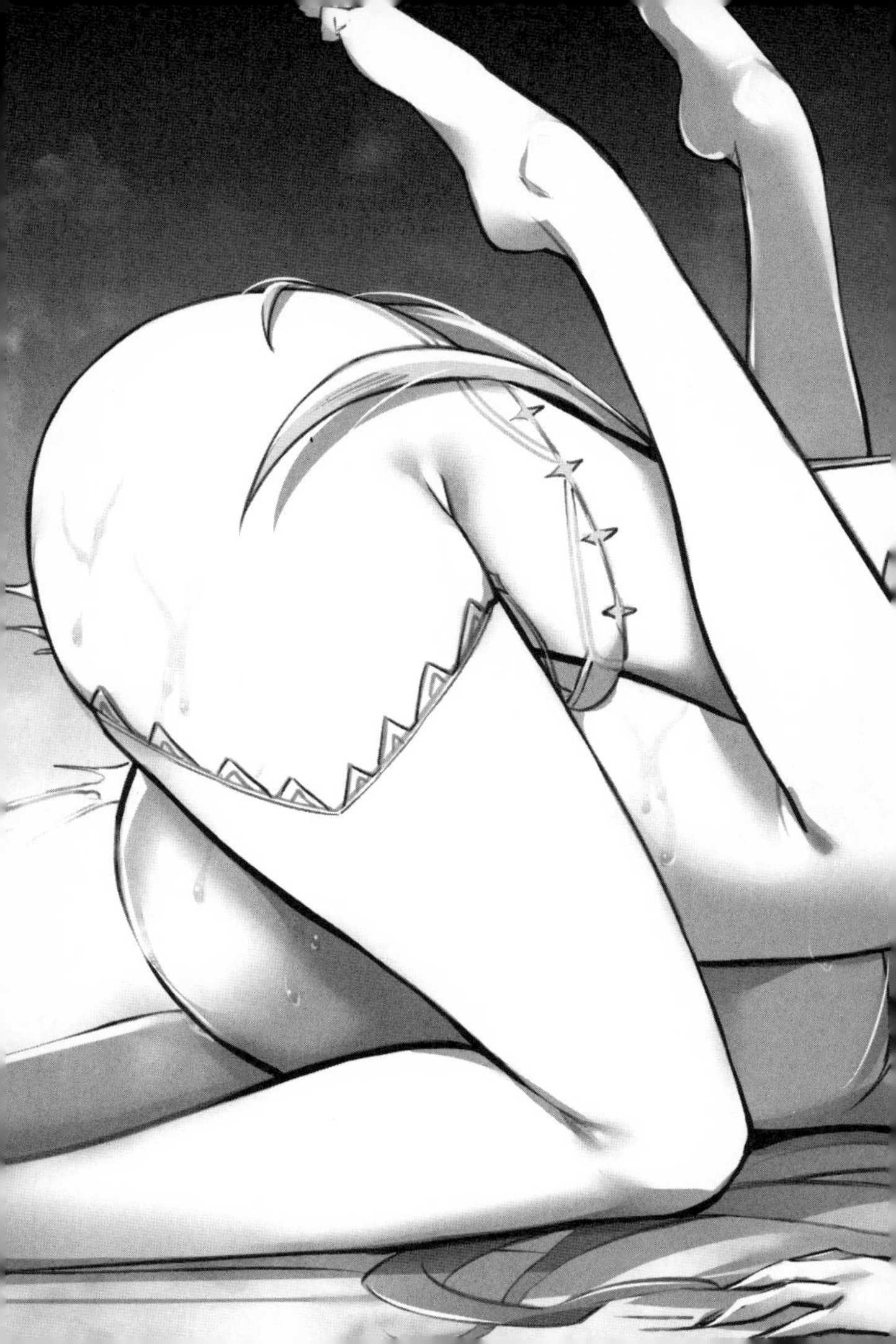

「……あ、あぁ……」

そんなアルカの秘所から滴《したた》るほどに濡れた指をくちゅっと引き抜いたマグメルは、それを艶《なま》めかしくぺろりと舐《な》めた後、未《いま》だ虚《うつ》ろな目のアルカを見下ろして言った。

「ふふ、とっても可愛《かわい》かったですよ、アルカディアさま……。でもまだこれからです……。そうですよね？　イグザさま……」

「……ああ」

こくり、と静かに頷いた俺の下腹部を見やり、マグメルが「ああ、凄い……」と蕩《とろ》けそうな息を漏《も》らす。

そこではち切れんばかりに怒張《どちょう》していたのは、言わずもがな俺の一物《いちもつ》だった。

心なしかいつもよりも逞しく見えるほどだ。

早くそれが欲しいとばかりに再びアルカの上に覆い被さったマグメルは、両者の濡れそぼった秘所をこちらに見せつけて言った。

「さあ、どうぞ、イグザさま……。心ゆくまで私たちの身体を堪能《たんのう》してくださいませ……」

「ああ、もちろんだ」

そうして、

「……あ、あ、ああああああああああああああああああああああああっっ♡」」

俺は三人での夜を存分に堪能し尽くしたのだった。

30章 〝斧〟の聖女は皆のお母さん？

翌朝。

「「……」」


当然のことながら室内は気まずい雰囲気《ふんいき》に包まれていた。

原因はもちろん昨日のあれである。

昨夜はあんなにも積極的だったマグメルも起床とともに冷静になったらしく、今となってはアルカともども部屋の隅《すみ》で膝《ひざ》を抱え、ずーんっと自己嫌悪に陥《おちい》っているようだった。

「……あの、忘れてください」

「それはこっちの台詞《せりふ》だ……。言っておくが、私にその気《け》はないからな……」

「わ、私《わたくし》にだってありませんよ⁉」

「な、ならば何故《なぜ》唇《くちびる》まで奪ってきた⁉　ま、まさかお前本当に……っ⁉」

わなわなと顔を青ざめさせるアルカに、マグメルが「ち、違います⁉」と慌《あわ》てて反論する。

「わ、私はただあなたに負けまいと必死で……っ⁉　そ、そういうあなただってノリノリで舌《した》を絡《から》ませてきたじゃないですか!?」

「あ、あれはお前が無理矢理舌をねじ込んできたからだろう!?」

「い、いいえ、先に舌を入れてきたのはあなたの方です!?」

「そ、そんなわけあるか!?　妄言《もうげん》も大概《たいがい》にしろ、この淫乱《いんらん》聖女!」

「淫乱なのはむしろあなたの方でしょう!?　私に責められてあんなにも淫《みだ》らに喘《あえ》いでいたくせに!」

「い、言うなあああああああああああああああああああああっっ!?」

「と、とりあえず落ち着こうか、二人とも……」

どうどうと二人を宥《なだ》めつつ、「でも」と俺は昨夜の余韻《よいん》に浸《ひた》りながら言った。

「昨日はなんだか凄《すご》く興奮《こうふん》したし、たまにはああいう感じでするのも新鮮でいいなぁ……」

が。

「「……っ」」

——じろりっ。

「……うん、ごめん。なんでもない……」

思いのほか怖い顔で睨《にら》まれてしまい、俺は一人しょんぼりと小さくなっていたのだった。

◇

ともあれ、気を取り直してオフィールの件を調査することにした俺たちは、昨日アルカが言っていたことを頭の片隅《かたすみ》に置きつつ、町で盗賊団《とうぞくだん》についての聞き込みを行っていた。

もちろん襲《おそ》われた商人たちからは罵詈雑言《ばりぞうごん》の嵐であったが、意外にも住民たちからの評判は悪くはなかった。

というのも、彼女たちは奪った食べものやらなんやらを別の貧《まず》しい住民たちに分け与えていたからだ。

貧富の差自体はどこの町にでもあることなのだが、このアフラールはとくにそれが顕著《けんちょ》らしく、彼女たちのおかげで生き延びられている人たちも少なくないという。

確かに人のものを盗んでいることには変わりない。

だがそれで助かっている人がいるというのもまた事実であり、恐らくはこの貧富の差こそがオフィールの言う〝目には見えない問題〟なのではないだろうか。

と、誰しもがそう思っていた矢先のことだ。

「……奴隷《どれい》市場？」

俺たちはさらに耳を疑うような話を聞くことになる。

なんでもこの町では秘密裏《り》に〝奴隷市場〟が開催されているというのだ。

〝奴隷〟とは文字通り人権の一切を剝奪《はくだつ》された人間のことである。

俺も実際に見たことは一度もないのだが、まさか本当にそんなことが行われているというのだろうか。

「ああ、そうさ。どこからか攫《さら》ってくるのか、それとも食い扶持《ぶち》に困ったやつらが身内を売るのかはわからねえ。だがここでは日常的に人の売買が行われていてな。それ目当てにやってくるやつらも多いのよ。なんならあんたらにも紹介してやろうか？　女でも子どもでも金さえありゃなんでも手に入るぜ？　まあ相応の手間賃《てまちん》はいただくけどよ」

「いえ、それは遠慮しておきます」

「そうかい。なら気が変わったらいつでも言いな。〝出品〟も大歓迎だからよ」

そう軽快に手を振りながら去っていく男の背に、珍《めずら》しくマグメルが杖《つえ》で殴りかかろうとしていたのはさておき。

恐らくだが、貧富の差よりも重要なのはこっちの方だろう。

聞くところによると、その奴隷市場が開かれる日には必ずと言っていいほどオフィールたち盗賊団が暴れ回るみたいだからな。

盗賊団に子どもの姿が多かったのも、もしかしたら元々奴隷だった子たちなのかもしれないし。

確かにほぼ観光で立ち寄ったのと同じような目線で町を眺《なが》めていた俺たちには到底《とうてい》わからない問題だ。

「まったく、なんなんですかあの人は!?」

「まああれはただの仲介屋《ちゆうかい》だからな。〝商品〟の仕入れ先や使われ方などに関しては知らぬ存ぜぬなのだろうよ」

「にしても酷《ひど》すぎます!?　私、思わず張り倒してしまいそうでしたもの!?」

うん、知ってる。

それを羽交《はが》い締《じ》めにして止めたのは俺だしね……。

「ふむ、一見すると賑《にぎ》わいのある商業都市のようだが、その実、裏では人身売買が盛んに行われている貧富の差が激しい町か。確かに目に見えているものだけが全《すべ》てではなかったな。もしかすると、昨日の商人たちの話に出てきた〝商売〟とやらもそれを指していたのかもしれんしな」

「……そうだな」

もし彼らが本当に奴隷商だったのだとしたら、それを善意で助けようとしていた俺たちは、一体何を助けようとしていたのかということになってしまう。

これはかなり厄介《やつかい》な問題だ。

「とにかくもう一度オフィールに会いに行ってみよう。話はそれからだ」

「ああ、承知《しょうち》した」「ええ、わかりましたわ」

揃《そろ》って頷《うなず》いてくれた二人を連れ、俺はオフィールたち盗賊団のアジトがあるという砂漠地帯の遺跡を捜すことにしたのだった。

◇

「……てめえら、どうやってここを嗅《か》ぎつけやがった……っ」

言葉に殺気を孕《はら》ませながら、オフィールが聖斧《せいふ》の刃先をこちらに向けてくる。

彼女の後ろにはまだ五つにも満たないような子どもたちの姿もあり、皆一様《いちよう》に怯《おび》えているようだった。

通常であればこんなにも早く彼女たちのアジトを見つけることは不可能だっただろう。

だがまあ俺は飛べるからな。

なのでとにかく遺跡らしき建造物を見つけてはささっと探索を繰り返したのである。

しかしこう殺気立たれていては話し合いもクソもない。

ゆえに少しでも警戒《けいかい》を解いてもらうべくアルカが食料を掲《かか》げて言った。

「まあそう身構えるな、〝斧《おの》〟の聖女。お前と少し話がしたくてな。このように手土産《てみやげ》を手にわざわざ足を運んでやったというわけだ。別に毒など入っていないから安心しろ。ついでに言えば尾行もない。ここに来るまでに散々《さんざん》砂漠中を飛んできたからな」

「はっ、それを信じろってのか？」

「彼女の話は本当だ。何故なら俺たちは――」

――どがんっ！

「荷物持ちは黙ってなッ！」

そう牙《きば》を剝《む》き出しにし、オフィールが荒々しく聖斧で石の床を割る。

しかしどこに行っても荷物持ち扱いされるなぁ……、と俺が一人黄昏《たそが》れたような視線を明後日《あさって》のほうに向けていると、アルカがふふっと不敵な笑みを浮かべて言った。

「どうやらお前の目は節穴《ふしあな》のようだな、〝斧〟の聖女」

「あん？」

「お前にはこの者が本当にただの荷物持ちに見えるのか？　我ら聖女二人を妻とする地上最強の男だぞ？」

「地上最強の男だぁ？」

「ええ、そのとおりです。私たちのお慕《した》いするイグザさまこそ紛《まが》う方なき真の英雄。この〝杖〟の聖女マグメルの名に誓《ちか》って偽《いつわ》りは申しません」

マグメルがそう告げた瞬間、オフィールがぷっと吹き出した。

「だっはっはっはっはっ！　そりゃまたご大層なこった！　聖女二人を誑《たら》し込んだくらいだ！

その英雄さまとやらは相当ご立派《りっぱ》な一物《いちもつ》をお持ちなんだろうよ！　あたしも是非《ぜひ》あやかりてえくらいだぜ！」

と、オフィールとしては挑発《ちょうはつ》するつもりで言ったのだろうが、

「ま、まあ、な？　うむ……。確かに〝相性〟という意味ではこれ以上ないほどだぞ……？」

「え、ええ……。その、本当に凄いんです、イグザさま……」

「「……」」

実際にご立派だったらしく、二人は恥《は》ずかしそうに指で髪をくるくるしたり、ぽっと赤らめた頰《ほお》に手を添えたりしていた。

ま、まあほら、一応俺の夜の王スキルこと《月読《ツクヨミ》》の説明文にも〝相手に合わせて性器の形状並びに大きさが最適化する〟って書いてあったからな……。

相手を満足させることに特化している以上、高評価をいただけるのも頷ける話というか……。

「へ、へえ、そんなにすげえのか……」

――ちらっ、ちらっ。

「うん？」

「ひっ!?」

いや、そんな目が合っただけで怯えなくとも……。

俺、別に性欲の権化《ごんげ》とかじゃないし……、と俺ががっくり肩を落としていると、子どもたち

がオフィールを見上げて言った。

「ねーねー、なにがすごいのー？」

「う、うるせえ!?　おめえらは知らなくていいんだよ!?」

「えー、でもあのお兄ちゃんのがすごいってあのきれいなお姉ちゃんが言ってたよー？」

「まあ綺麗《きれい》だなんてそんな……」

「いや、照《て》れてんじゃねえよ!?　つーか、てめえらのせいでガキどもが変なもんに興味持っちまったじゃねえか!?」

そう声を荒らげるオフィールに、アルカが少々むっとしたような表情で腕を組む。

「〝変なもの〟とはなんだ。人の男の一物を変なもの呼ばわりするんじゃない」

「い、〝一物〟とか言うんじゃねえよ!?　ガキの前だぞ!?」

「いや、先に言ったのはお前だろ……」

「ねーねー、〝いちもつ〟ってなーにー？」

「だああああああああああああああああっ!?」

オフィールが大声を上げて無理矢理話題を中断させようとする。

だが一度興味を持ってしまった子どもたちをそう簡単に止められるはずもなく、

「ねーねー、あのおにいちゃんなにがすごいのー？」

「ねー、〝いちもつ〟ってなーにー？」

「おしえてよー。ねー」

「あー知らねえ知らねえ!? あたしはなんにも知らねえから聞くんじゃねえ!?」

オフィールは両手で耳を塞《ふさ》ぎ、ぶんぶんと首を横に振っていたのだった。

そんな彼女たちの姿を俺が微笑《ほほえ》ましげに眺めていると、マグメルもまたふふっと表情を和《やわ》らげて言った。

「それにしても随分《ずいぶん》と子どもたちから懐《なつ》かれているようですね」

「ああ、そうだな」

確かに彼女の言うとおり、オフィールは子どもたちからかなり好かれているようだった。

何せ、あれだけ口汚く怒鳴られているにもかかわらず、子どもたちは笑顔で彼女に抱きついたりしているのである。

相当の信頼関係がなければあんな風に笑い合うことはできないだろう。

その姿はまるでそう——。


「——なんかお母さんみたいだな」


「——ばっ!? だ、誰がこいつらの母親だ!?」

その瞬間、オフィールが真っ赤な顔で振り返る。

何げなく呟《つぶや》いただけだったのだが、どうやら聞こえていたらしい。

だが子どもたちには好評だったようで、

「わーい、おかーさーん♪」

「オフィールはわたしたちのお母さーん♪」

「わーいわーい♪」

「う、うるせえ!? おめえらも調子に乗ってんじゃねえぞ!?」

大お母さんコールがオフィールを包むのであった。

なんかちょっと可愛《かわい》く見えてきたなぁ……、と俺の中でのオフィールの印象が好転する中、
彼女は「あーもうちきしょう!?」と諦《あきら》めたように頭を掻《か》いて言った。

「おい、てめえらあたしになんか話があるんだったよな!? 聞いてやるからこいつらのお守《も》りを手伝いやがれ! そいつが条件だ!」

「あ、ああ、わかった。ありがとう、オフィール」

「けっ、礼を言われる筋合《すじあ》いなんかねえよ。つーか、わかってるとは思うが、あたしはまだてめえらを信用したわけじゃねえ。もし少しでも怪《あや》しい動きを見せたらその場でぶっ殺してやるから覚悟しておけ。――おら、行くぞ、おめえら」

『はーい♪』

楽しそうに返事をする子どもたちを連れ、オフィールが遺跡の奥へと踵《きびす》を返していく。

最悪戦闘も覚悟していただけに、この流れに落ち着いてくれたのは本当にありがたい限りだ。

あんな小さな子たちの前でお母さん（本人は必死に否定してるけど）を傷つけるわけにはいかないからな。

「ふむ、相変わらず上から目線なのが気になるが……まあいいだろう。あの女の気が変わらぬうちに我らも続くとしよう」

「ああ」

「そうですね」

互いに頷き、俺たちもまたオフィールたちのあとを追ったのだった。

えっ？　えっ？

今、この子なんて言ったの？

《ラフラ武器店》の娘――フィオの言葉に、あたしは呆然《ぼうぜん》と両目を瞬《しばた》く。

だがそれも当然であろう。

何せ、あたしを捨てた馬鹿《ばか》幼馴染《おさなじ》みと同じ名前が出てきたのだから。

と。


「――ああ、聖女さま！　こちらにいらしたのですね！」

「ちょっと黙ってて、豚《ぶた》」

「え、あ……えっ？　あ、あの、今なんと……？」

げっ!?

いきなり変なこと言うから思わず素《す》が出ちゃったじゃない!?

「ふふ、どうしました？　何か急用でもありましたか？」

だがそこはさすがのあたしである。

努めて冷静にいつもの慈愛《じあい》に満ちた微笑《ほほえ》みとともに振り返ったことで、豚も何かの勘違《かんちが》いだと思ったのだろう。

「い、いえ、お取り込み中のようですので、もう一回りしてきますね！」

「あら、わざわざお気を遣《つか》わせてしまったようで申し訳ございません」

「いえ！　では行って参ります！」

びっ、とギルド式の敬礼をし、豚は再び外界へと解き放たれていった。

危ない危ない……。

まったく、聖女にあるまじき失態《しったい》だわ……。

これからは気をつけるようにしないと……って、そんなことはどうだっていいのよ!?

何かの聞き間違いってこともあるし、きちんと正確な情報を聞かないと！

「あ、あの……」

「騒がしくてごめんなさいね。それでそのヒノカミさまの御使《みつか》いさまは本当に〝イグザ〟と名乗られたのですか？」

「えっと、その〝御使いさま〟というのはフィオにはよくわからないのですが、お母さんの武器を使って武神祭《アラストル》で優勝してくださったのはイグザさんに間違いありません」

「なるほど……」

え、マジであの馬鹿イグザが〝槍《やり》〟の聖女を倒した御使いだっていうの？

てか、おかしくない？

あいつのスキルは人のダメージを肩代わりすることしかできない無能スキルなのよ？

それがあたしと同等……なんてことは絶対にあり得ないでしょうけど、それでもレアスキル持ちの聖女を倒したなんて信じられるわけないじゃない。

大体、御使いは〝火の鳥〟に変身したり〝火属性の術技《じゅつぎ》〟を得意としてるんでしょ？

でもあいつ、術技はおろか武技《ぶぎ》だってまったく使えなかったのよ？

印象がまるで違うでしょうが。

「！」

そこであたしははたと気づく。

そうよ、〝違う〟のよ。

あたしの知ってるイグザは馬鹿で無能で出来損《できそこ》ないの冴《さ》えないダメ男。

対してこっちのイグザはヒノカミさまの御使いで聖女すら倒せる本物の豪傑《ごうけつ》。

つまりはそう――こっちのイグザは〝真イグザ〟なのよ！

……まあネーミングについてはさておき。

あーやだやだ。

なんであたしったらこれだけの偉業を成し遂《と》げた人物をあの馬鹿イグザと混同しちゃったのかしらね。

同じ名前の人間なんてごまんといるわけだし、別人に決まってるじゃない。

まあでもせっかくだから一応聞いといてあげるわ。

そう思い、あたしはフィオに真イグザがどういう感じの人物なのかを尋《たず》ねる。

すると。

「えっと、ご年齢はたぶん聖女さまと同じくらいだと思います。茶髪寄りの黒髪にお優しい青い瞳《ひとみ》をしていて、ご自分のことよりも他人のことを第一に考えるとっても素敵《すてき》なお方ですっ」

「へ、へえ……」

あ、あれ？

それってやっぱり馬鹿イグザのことなんじゃ……って、いやいやいやいや⁉

そんなの絶対あるはずでしょ⁉

そもそもあいつ、〝素敵なお方〟なんかじゃないし⁉

あ～もう意味わかんな～い⁉　と内心あたしは頭を抱えていたのだった。

「なるほど。それでこの辺《あた》りにいるっつー風の女神に会いに来たわけだ」

はぐっ、とオフィールが骨つきの肉を豪快に頬張《ほおば》る。

とりあえず彼女の信頼を得るため、俺たちは焚《た》き火を囲んで食事を共にしつつ、旅の目的を語ることにしたのである。

「ああ、だからもし何か彼女に関する情報を知っていたら教えてほしいんだ」

恐らくは伝承《でんしょう》などが残っているであろうと見越しての問いだったのだが、オフィールの反応は意外なものだった。

「はっ、やめとけやめとけ。あのババアは大の人間嫌いだ。力なんざ貸すわきゃねえだろ?」

「え、もしかしてトゥルボーさまに会ったことがあるのか!?」

そう、まるで知り合いでもあるかのような口ぶりで肩を竦《すく》めたのである。

驚く俺の問いに、オフィールは「当然だろ?」と鼻で笑って言った。

「──何せ、あたしはあのババアに育てられたんだからな」

「「「──っ⁉」」」

まさかの発言に俺たちは揃《そろ》って目を丸くする。

よもや女神に育てられた人間がいたとは思わなかった。

しかもそれが聖女とか、そりゃ自信にも満ち溢《あふ》れるだろう。

身体《からだ》も筋肉質でかなり鍛《きた》えられているようだし、恐らくはほかの聖女たちよりも突出した力を持っているのではなかろうか。

アルカが負けるとは思わないが、もしかしたらオフィールの実力は彼女以上かもしれない。

「だからこそ忠告してやってんだ。あのババアに会うのだけはマジでやめとけ。あいつはもう人間を見限っちまってるからな」

「……それは、どういう意味でしょうか？」

マグメルの問いに、オフィールはどこか納得のいかなそうな顔で視線を逸《そ》らした。

「そのままの意味に決まってんだろ？　人間は傲慢《ごうまん》で自己中な上、平気で他人の幸せを踏み躙《にじ》りやがる。あいつらを見てみろ。皆奴隷商《どれいしょう》どもに売られてきた可哀想《かわいそう》なガキどもだ。あのババア……いや、風の女神トゥルボーはな、そんな人間どもに心底《しんそこ》嫌気が差しちまったんだよ」

「「「……」」」

楽しそうに食事を摂《と》っている子どもたちの様子を見やり、俺たちは一様《いちよう》に言葉を失う。

どうやらここでは皆が協力し合って一つの家族のような感じになっているようだった。

あんなにも楽しそうなのだ。

きっとここでの生活はとても幸せなものなのだろう。

「あたしがなんであの町をぶっ潰《つぶ》そうとしてんのか教えてやるよ。そいつはな、そうしねえとトゥルボーのやつに跡形《あとかた》もなく消されちまうからだ」

「跡形もなく消されるって……」

つまりオフィールは町を守るために行動していたということだろうか。

でも〝消されないようにぶっ潰す〟とは一体……。

どういう意味なのかと俺たちが困惑《こんわく》する中、オフィールは続ける。

「あのババアはとっくの昔にアフラールを消す気だった。だがあたしは反対した。んなもん当然だろ？　確かにクソみてえな連中は山ほどいる。けどな、あいつらみてえになんの罪もねえやつらだってあそこにはたくさんいるんだ」

「それは……」

確かにそのとおりだと思う。

むしろ善人の方が多いのだと、俺は信じたい。

「そしたらあのババアは条件を出しやがった。もしあたしがアフラールの連中をなんとかすることができたなら、そん時はあそこを塵《ちり》にするのはやめてやるとな」

「そうか。だから君は人々の意識が少しでも変わるよう、まずは奴隷商たちを中心に襲《おそ》っていたんだな？」

「そういうこった。やつらは表向き普通の商人のように振る舞っちゃいるが、裏じゃ攫《さら》ってきたガキや女をまるで物のように売り飛ばしてやがる。だからどっちの商売もできねえようにしてやってるってわけさ」

なるほど。

ほかの住民たちに配っているという盗んだ食べものとかも、元々は奴隷商が隠れ蓑《みの》に使うための代物《しろもの》だったたってわけか。

「しかしそれで本当に民たちの意識は変わっているのか？　確かに私たちの聞く限りでは評判もまちまちだったが」

「さあな。そいつはあたしにもわかんねえ。けど言って素直に聞くような連中じゃねえだろ？　だったら力尽《ちからず》くでなんとかするしかねえじゃねえか」

「うーん……」

「これは困りましたね……」

マグメルともども顔色を曇《くも》らせる。

確かにこのままオフィールが暴れ続ければ、いつかは奴隷商たちも市場を開くことはなくなるかもしれない。

だがそれは〝アフラールでは〟というだけの話だ。

人はそう簡単には変わらないからな。

当然、彼らはまた別の町で同じようなことを繰り返すだろう。

つまり根本的な解決にはならないのである。

とはいえ、恐らくこういう問題は世界中で起こっている気もするし、今すぐ全《すべ》てをどうにかするのは不可能だ。

となれば、まずはアフラールの奴隷商たちを改心させるしかあるまい。

そうして少しずつ人々の意識を変えていき、最終的に〝奴隷〟という存在自体をなくしていくしかないんだと思う。

とても時間のかかる作業だけれど、ここで単に彼らを排斥《はいせき》するだけじゃなんの解決にもならないからな。

それでトゥルボーさまが納得するとも思えないし。

でもそうなると……。

「やっぱり会いに行くしかないみたいだな。その人間嫌いの女神さまに」

「そうだな。とにもかくにもまずはそこから始めねば話にならんだろう」

「はっ、あたしは一応忠告したからな？　ぶっ殺されても知らねえぞ？」

「ああ、大丈夫だ。心配してくれてありがとな、オフィール」

「だ、誰も心配なんかしてねえよ!? 勘違《かんちが》いすんな、このハゲ!?」

ぷいっと恥《は》ずかしそうにそっぽを向くオフィールに、やっぱり意外と素直で可愛《かわい》らしい人なのではなかろうかと顔を綻《ほころ》ばせる俺なのであった。

でも正直、〝ハゲ〟は傷つくわぁ……。

俺、まだふさふさなんだけどなぁ……。

32章　風の女神は死を運ぶ

砂漠地帯には年中砂嵐の渦巻《うずま》いている地域があるという。

そこに足を踏み入れた者は方向感覚を失い、まず生きては帰れないのだとか。

そんな砂嵐の中心にトゥルボーさまの神殿は存在した。

至極《しごく》不本意そうではあったものの、どうやって彼女のもとへ赴《おもむ》こうかと頭を悩ませていた俺たちに、「あーもうクソ!?　どうなってても知らねえからな!?」とオフィールが砂嵐の抜け道を案内してくれたのである。

そうして到着したトゥルボーさまの領域は、先ほどまでの砂嵐が嘘《うそ》のように静かな場所であった。

むしろあの渦巻く砂塵《さじん》が防壁となり、外界の雑音を一切遮断《しゃだん》しているのだろう。

「――オフィールか。何故《なぜ》人間どもを連れてきた?」

神殿の前へと辿《たど》り着いた俺たちに、石段を悠然《ゆうぜん》と下りながら一人……いや、一柱《ひとはしら》の女性が声をかけてくる。

薄手の黒いドレスに身を包み、鋭利《えいり》な大鎌《おおがま》を手にした黒髪の美女だ。

側頭部から生《は》えた二本の角《つの》と、人より少し尖《とが》った耳が特徴的である。

見た目の年齢はテラさまと同じくらいだろうか。

〝ババア〟と呼ぶには些《いささ》か若すぎる気がしなくもないのだが、まああれは反抗期の子どもが親に向かって言うのと同じ感じだからな。

もっとも、女神さまをババア呼ばわりできる人間なんてオフィールくらいのものだろうけど。

「別に連れてきたくて連れてきたわけじゃねえよ。こいつらがどうしてもあんたに会いてえっつーから仕方なく連れてきてやったんだ」

「ふむ、確かに貴様らからはイグニフェルとテラの力を感じるが、我《われ》は人間が嫌いでな。我《わ》が牙《きば》の届かぬうちにさっさとこの場から立ち去るがよい」

「ちょ、ちょっと待ってください！　少しだけでいいんで俺たちの話を――」

「くどい」

――ぶひゅうっ！

「ぐっ⁉」

「イグザ⁉」「イグザさま⁉」

その瞬間、射殺《いころ》すような視線とともに突風が俺を襲《おそ》い、風の刃《やいば》がぴゅっと頬《ほお》を斬《き》り裂いていく。

反射的に武器を構え始めたアルカたちを手で制す中、トゥルボーさまはやはり淡々《たんたん》と言った。

「人と話すことなど何もない。消えよ」

……なるほど。

〝取り付く島もない〟とはまさにこういうことをいうのだろう。

だがここで引くわけにはいかない。

「ほらな？　だから言ったじゃねえか。あのババアは人の言うことなんざ聞きゃしねえって。これ以上は無駄だ。殺されねえうちにさっさと……って、おい⁉」

オフィールには悪いと思いつつも、俺は彼女の制止を振り切り、再びトゥルボーさまに語りかける。

「あなたはアフラールの町を滅ぼすつもりだと聞きました。オフィールが人々の意識を変えられなければ全《すべ》てを塵《ちり》にしてしまうのだと」

「それがどうした？　我は〝風〟と〝死〟を司《つかさど》る神。生きる価値のない者どもを無に帰してなんの問題がある？」

「そりゃ確かにそういうやつらがいるのも事実です。でも大多数の人々はきっと善良な人たちだと思うんです」

「その根拠はなんだ？」

「オフィールの助けた子どもたちを見てください。彼らは貧《まず》しさの中でもとても幸せそうでした。俺たちが町で見た人たちもそうです。皆が皆悪い人たちじゃない。どうかそれをわかってほしいんです」

懸命に訴えかける俺だが、よほど何か人の業《ごう》のようなものを目《ま》の当たりにしてきたのだろう。トゥルボーさまは嘆息《たんそく》して言った。

「ほかの二柱《ふたはしら》が力を託《たく》したくらいだ。貴様には何かしら希望のようなものを見たのだろう。だがな、人間。希望とは一時《いっとき》のこと。人の本質はいつまで経《た》っても変わらぬ。それは貴様もよくわかっているはずだ」

「そう、かもしれません……。きっと人は同じ過《あやま》ちを繰り返す。だからこそ人はそれを反省し、苦しみながら生きているんです。どうか彼らからその機会を奪わないであげてください」

お願いします、と俺が深く頭を下げると、トゥルボーさまは再度嘆息して言った。

「貴様の言い分は理解しよう。だがそれで一体何が変わる？　自《みずか》らの過ちを省《かえり》みるのは貴様の言う善良な者たちだけだ。人の子を売り払うような者どもにはそもそも自らを省みる気などさらさらない。であれば何も変わることはない」

そう首を横に振るトゥルボーさまに、俺は「ええ」と大きく頷《うなず》いて言った。

「だから俺たちが――オフィールとともに省みるようそいつらをぶっ飛ばします！」

「「「――っ⁉」」」

トゥルボーさまを含め、女子たちが驚きの表情で固まる。

そりゃそうだろう。

そんな話は事前に何もしていなかったからだ。

それについては本当に申し訳ないと思うのだが、俺はトゥルボーさまと話しているうちに一つ考えついたことがあったのである。

ゆえに俺は今が攻め時だとばかりに話を続けた。

「ただしそれにはトゥルボーさまのお力が必要です。――〝死〟を司るあなたの力が」

「ほう？　人間如《ごと》きが我を使うと言うか？」

「ええ、言いますとも。それでこの状況が全部解決できてあなたも笑顔になれるというのなら、俺は女神さまの力だって使ってみせます」

　俺がそう不敵に笑って言うと、

「――っく、はははははははっ！」

「「――っ⁉」」

あのトゥルボーさまがおかしそうに笑い声を上げ、女子たちの目が再度丸くなった。

そしてトゥルボーさまは言う。

「――いいだろう。貴様の策に乗ってやる。ただし覚悟しておけ、人間。もしなんの成果もあげられなかったその時は――貴様を百八の肉片に引き裂いてやるからな」

「ええ、望むところです」

大きく頷きながら、俺はトゥルボーさまの言葉にぐっと拳《こぶし》を握り締めるのだった。

33章　疫病の町

数日後の夕刻。

アフラールはいつにも増して多くの人々で溢《あふ》れていた。

そう、今日は奴隷《どれい》市場が開催される日。

今までの経験から必ずオフィールら盗賊《とうぞく》団が現れるだろうと踏んでいた奴隷商たちは、協力して護衛《ごえい》の冒険者たちを増員していたのである。

確かに盗賊団は厄介《やっかい》だが、問題なのは〝斧《おの》〟の聖女であるオフィールのみ。

であれば商談成立まで彼女を足止めできればいい――そう考え、恐らくは安価で雇《やと》える冒険者たちを大量に投入してきたのだろう。

〝名うての冒険者たちでも手に負えない〟と先日商人たちも言ってたからな。

〝質〟よりも〝量〟で対抗することにしたんだと思う。

その証拠に町を闊歩《かっぽ》する冒険者たちはどこか柄《がら》が悪そうな連中ばかりだった。

むしろああいうやつらの方が金銭を要求してきそうなものなのだが、聞いた話、捕らえたオフィールを好きにしていいと言われているらしい。

聖女を好きにできる機会なんてそうはないからな。

それが巨乳の美女となれば、彼らにとって金銭などよりもよっぽど価値があるのだろう。

まあ胸糞《むなくそ》が悪すぎて俺の方がやつらを灰にしてやりたくなったのはさておき。

とにもかくにも、〝人が多い〟というのは俺たちにとっても好都合だった。

何故《なぜ》ならこれから起こることをより多くの人々の目に焼きつけてもらいたかったからだ。

「じゃあお願いします」

「いいだろう」

そしてその時は訪れる。

――びゅうううううううううううううううううううっ！

『うわあああああああああああああああああああああああああああっ!?』

突如《とつじょ》としてアフラールを襲《おそ》う砂嵐に人々から悲鳴が上がる。

だが本当の恐怖はここからだった。

「……えっ？　げほっごほっ……な、なんだこれ……？」

身体《からだ》中に発疹《はっしん》のようなものを浮かばせながら、次々に人々が倒れていったのである。

——そう、〝疫病《えきびょう》〟だ。

老若男女《ろうにゃくなんにょ》問わずその場にいた全員が苦しそうに地に伏し、身動きがとれなくなる。

あれだけ賑《にぎ》わっていた町が一瞬にして静寂《せいじゃく》に包まれてしまったのだ。

もちろんこれはただの脅《おど》しゆえ、赤子にはそもそもかからせるつもりはないし、身体の弱い老人などがかかったとしても命を落とすようなことはない。

身体が麻痺《まひ》して動けなくなる程度の病《やまい》をちょちょいと拵《こしら》えてもらっただけだからな。

でも発疹とかが出てたらちょっとやばそうな感じがするだろ？

しかも神の力だから治癒《ちゆ》術が効《き》かないとなれば、まあ皆普通にビビると思う。

ただほとんどが罪のない善良な人たちなので、そこだけは本当に申し訳ない限りなのだが、これくらいの大芝居《おおしばい》をやらないと皆を救うことはできなかったのである。

——ごごうっ！

だから俺は芝居を成功させるため、火の鳥化してオフィールを背に乗せ、見せつけるように町の上空を飛んだ後、もっとも高い建物の上に降りる。

そしてまたもやトゥルボーさまの力を借り、風で俺の声を少々変質させて町の隅々《すみずみ》まで届けてもらった。

「……やはり遅かったか。人間たちよ、そなたらは風の神の怒りに触れた。人の身でありながら愚《おろ》かにも同じく神の造《つく》りし人間たちをまるで物のように扱い、売り飛ばすなど言語道断《ごんごどうだん》。せっかくここにいる〝斧〟の聖女がその身を賭《と》してまで阻止《そし》し続けてきたというのに、そなたらは何も省《かえり》みることはなかった。その結果がこれだ」

重く、戒《いまし》めるような口調で続ける。

「恐らく身に覚えのない者たちも大勢いることだろう。しかし神の尺度でそれは通じぬ。人同士協力してこなかったそなたらの過《あやま》ちと知るがよい。そしてもう一つそなたらに伝えねばならぬことがある。それはこの厄災《さいやく》が神の風に乗り、そなたらの大切な者たち全《すべ》ての身を蝕《むしば》み、殺すということだ」

『――っ⁉』

それを聞き、住民たちはおろか冒険者たちの顔も絶望に染まる。

当然だろう。

自分のせいで大切な人たちまでもが苦しんで死ぬことになるのだから。

「……」

しかしただの脅しとはいえ、さすがにちょっと胸が痛いな……。

奴隷商たちが苦しむ分には一向に構わないんだけど、全然関係ない人たちまで一緒に怖がらせちまってるからな……。

まあ今後の町の在《あ》り方を考えていく上では仕方ないんだけどさ……。

せめてなるべく早めに終わらせるようにしないと……。

そう思い、俺は十分〝溜《た》め〟を作ってから告げる。

「――だが一つだけ方法がある」

『！』

人々の顔に希望が宿る中、俺は続けた。

「己《おの》が罪を懺悔《ざんげ》し、もう二度と同じ過ちは繰り返さぬことを今ここで誓《ちか》うのだ。そして人売りの罪に身を染めた者は力を振るって声を上げよ。その声を我が風の神のもとへと届けよう。ただしこれが最初にして最後の機会。偽《いつわ》りは即、〝死〟に繋《つな》がると知れ」

これでダメならもうどうにもならないだろう。

だから頼む……っ！　と俺は心の中で祈り続ける。

すると。

「わ、私は人売りの罪に身を染めました！」

「わ、私もです！」

「も、申し訳ございませんでしたぁ～！」

次々に奴隷商たちから声が上がり、俺はほっと胸を撫《な》で下ろしたのだった。

◇

まあ問題はそれからだった。

これですぐ病を治してしまってはまた同じことの繰り返しになりかねなかったからだ。

ゆえに俺たちは声を上げた者たちの病だけはあえて重くして長引かせることにした。

その上で、彼らから意地でも声を上げなかった命知らずの者たちのことも聞き出したわけだが、これがまた酷《ひど》いなんてものではなかった。

というのも、町長を含めた町の上層部が根こそぎ人身売買に関《かか》わっていたのである。

しかも本来は必要のない重税まで課して私腹を肥《こ》やしていたのだから、そりゃ貧富の差が縮《ちぢ》まるはずもあるまい。

当然、それを知った住民たちが危うく暴動を起こしかけたりもしたのだが、そこはなんとか平和的に解決してもらうことになった。

まあ平和的とは言っても、トゥルボーさまのお許しが出るまで全員疫病フルコースの刑なんだけどな。

もちろん死ぬことは許されないので、せいぜいお許しが出るよう頑張ってほしいものである。

と、まあそんな感じで此度《こたび》の一件は終幕を迎え、町にも賑《にぎ》わいが戻った。

ただ一つ変わったことと言えば、町の中央に風の神さまを崇《あが》める石碑《せきひ》が大至急建てられようとしているということだろうか。

きっと人々はその石碑を見る度《たび》に自《みずか》らを戒《いまし》めることになるのだろう。

そしてここで起こったことを冒険者たちや旅人たちがほかの町へと伝えていってくれることを願いたいものである。

まあそれはそれとして、だ。


「……おい、なんなのだこれは？」

トゥルボーさまが俺たち（むしろオフィール）にじろりと半眼《はんがん》を向けてくる。

というのも、

「わーい、めがみさまのおうちだー♪」

「すごーい♪　おっきなおうちー♪」

「わーいわーい♪」

このように風の神殿の中では、現在盗賊団の子どもたちや奴隷として売られる予定だった子らが楽しそうに走り回っていたからである。

「わりい、ちょっと考えてることがあってな。しばらくガキどもの面倒《めんどう》を頼むわ」

「ふざけているのか？　オフィール。この我《われ》に人間どもの子守りをしろだと？」

「おう。だってあんた子ども好きだろ？　ならいいじゃねえか。そこそこでけえやつらもいるし、まあ大丈夫だろ」

「殺されたいのか？　貴様。いや、むしろ殺す。今すぐそこに直れ」

ごごごごごっ、とトゥルボーさまが眉間《みけん》に深いしわを刻《きざ》み、大鎌《おおがま》を手に威圧《いあつ》感を全開にする。

が。

「……むっ？」

そこでくいっとスカートの裾《すそ》を引かれ、まだ三つくらいの子が泣きそうな顔で彼女に言った。

「……おしっこ」

「――なっ!?　お、おい、ちょっと待て!?　い、今連れて行ってやるから絶対にそこでするんじゃないぞ!?　いいか!?　わかったな!?」

がばっとお子さまを抱き上げ、トゥルボーさまがあたふたする。

きっとオフィールを育てていた時もこんな感じだったんだろうなぁ……、と微妙にほっこりする俺たちなのであった。

――ぽよんぽよんぽよんぽよんっ。

「あ、あの、聖女さま？」

「はい、なんでしょうか？」

「い、いえ、その、なにゆえに私のお腹《なか》をぽよぽよされているのでしょうか……？」

「ふふ、それはもちろん大事なパーティーの一員であるあなたの健康チェックのためです」

「ああ、なるほど！」

それで合点《がてん》がいったのか、ベッドに仰向《あおむ》けになったまま豚《ぶた》がぽんっと両手を叩《たた》く。

が、もちろんそんなはずはない。

これは単に何か気を紛《まぎ》らわせられるものはないかと探し続けた末の苦肉の策だ。

大体、このお腹で健康なはずないでしょ!?

どう見たって太りすぎよ!?

あーもう見てるだけでイライラする!?

――ぽよぽよぽよぽよぽよぽよっ。

豚のお腹をぽよぽよする速度を上げながら、あたしは苛立《いらだ》ちを募《つの》らせていく。

それもこれも全《すべ》ては馬鹿《ばか》イグザのせいだ。

フィオの話を聞き終え、宿へと戻ってきたあたしだったが、頭の中はやっぱりあいつのことでいっぱいだった。

彼女の話を聞けば聞くほどに、あり得ないとは思いつつも馬鹿イグザの顔ばかりが頭に浮かんでくるのである。

だがどう考えても馬鹿イグザが真イグザに昇格できる要素が見当たらない。

《身代わり》のスキルで一体どうやって聖女を倒せるまでに成長したのか――それだけが何をどうしても理解できなかったのである。

ゆえに心底《しんそこ》不本意ではあったものの、あたしはほかの人……もとい豚の意見も聞いてみることにした。

「ところで、たとえばのお話なのですが、ある日突然元々あったスキルとはまったく別のスキルが使えるようになることがあると思いますか？」

「ふむ、それは〝派生《はせい》スキル〟とは別の形でということですか？」

「ええ、まったく関係のないスキルです」

なお、〝派生スキル〟というのはごく稀《まれ》に生ずる、スキルが近しい類《たぐい》のものに派生した別スキルのことで、《高速詠唱《えいしょう》》のほかに《多重詠唱》ができるようになるといった感じのものである。

「どうでしょうなぁ。私の知る限り、そのような事例があったことはないのですが、しかしこの世界には創《はじ》まりの女神さまやヒノカミさまのように、私たちの常識が通じない方々がいらっしゃいます。なのでもしかしたら何かの弾《はず》みにそういうことが起こりえるかもしれません」

「なるほど。確かにあなたの仰《おっしゃ》るとおりかもしれませんね」

あたしはそう慈愛《じあい》の雰囲気《ふんいき》を全開にして微笑《ほほえ》みかける。

何よ、お腹たぷたぷの豚男にしてはまともなことを言うじゃない。

ちょっとだけ見直したから人間に昇格させてあげてもいいわ。

光栄に思うことね、豚。

――ぽよんぽよんぽよんぽよんっ。

ともあれ、もしかしたらそういう可能性もあるってわけね。

できれば完全に否定してほしかったのだけれど……まあ仕方ないわ。

こうなったら真イグザに直接会って馬鹿イグザの存在を完全に否定してやるんだから！

そう勢い込み、あたしは豚のお腹をしばらくの間ぽよぽよし続けていたのだった。

34章　死を超越する者

「――いいだろう。貴様らは己《おの》が宣言通り一定の成果を挙げた。であれば我《われ》もその研鑽《けんさん》に報《むく》いねばならぬ。褒美《ほうび》として我が力の一端《いったん》を貴様らに与えてやろう」

そう厳《おごそ》かな顔つきで言うのは、もちろんトゥルボーさまである。

〝風〟と〝死〟を司《つかさど》る女神らしい威厳《いげん》に溢《あふ》れた立ち居振る舞いなのだが、

「めがみさまいいにおーい♪」

「あったかーい♪」

両手にお子さまを抱えていることで見事に台無しである。

本当に子どもが好きなんだなぁ……、と俺が温かい視線を向けていると、

「何を笑っている？　殺すぞ」

――ぎろりっ。

「ひいっ⁉」

めちゃくちゃ睨《にら》まれました……。

てか、口悪っ!?

オフィールの口の悪さは親譲《ゆず》りなのかもしれないな……。

そう肩を落としつつも、俺たちはトゥルボーさまからお力を授かった。

テラさまの時同様、スキルが変化するようなものではなかったのだが、

『スキル――《完全蘇生《アズライール》》：死した者を完全かつ全快の状態で蘇生《そせい》させる』

というように、まさかの蘇生スキルをいただいてしまったのである。

これには女子たちも大層驚いたようだった。

当然だろう。

確かに近いスキルで瀕死《ひんし》の状態から命を繋《つな》ぐ類《たぐい》のものはあるが、完全に死んだ状態からの蘇生など聞いたことがなかったからだ。

その上、すでに原形を留めておらずとも死亡した時と同じ状態で再生できるという。

まさに神の御業《みわざ》とも言うべき超レアスキルだったのだ。

まあテラさまのもあれはあれで紛《まぎ》れもないレアスキルだったんだけどな……。

「す、凄《すご》いです……。まさかこのようなスキルが存在していたとは……」

唖然《あぜん》とするマグメルに、トゥルボーさまは「当然だ」とやはりお子さまたちに両手を引かれ

ながら言った。

「我は〝風〟と〝死〟を司る神。ゆえに死を与え、また死を排斥《はいせき》することなど造作《ぞうさ》もない」

「ありがとうございます、トゥルボーさま！　これでたとえ万が一のことがあったとしても皆を守ることができます！」

「ふん。まあ貴様ならばその力を正しく使うことができるだろう。だが決して力に溺《おぼ》れるでないぞ、人間。大きな力というのは諸刃《もろは》の剣《つるぎ》だ。ゆえに――」

「めがみさまこっちー♪」

「いっしょにあそぼー♪」

「……力の使い方を絶対に見誤るな。もし貴様がそれを見誤った時は、この我が直々《じきじき》にその脆弱《ぜいじゃく》な首を刎《は》ね、今度こそ貴様を百八の肉片に引き裂いてやるからな」

「「「……」」」

そう真顔《まがお》で忠告しつつ、トゥルボーさまが子どもたちの頭をわしゃわしゃと撫《な》で回す。

すっかり新しいお母さんポジを獲得しているようで何よりだったのだが、なんだかとってもシュールな絵面《えづら》なのであった。

◇

とにもかくにも、これで〝地〟の女神に続き、〝風〟の女神の助力も得られたわけだ。

ヒノカミさまこと〝火〟の女神とも最初に会っているし、残すは〝雷〟と〝水〟の二柱《ふたはしら》のみ。

〝雷〟は最後にした方がよさそうなので、次は〝水〟の女神――〝シヌス〟さまに会いに行こうと思っている。

と、そんな矢先のことだ。


「――よう、イグザ。ちょっといいか？」


ふいにオフィールが聖斧《せいふ》を肩に担《かつ》いだ状態で俺に声をかけてきた。

一体どうしたのかと小首を傾《かし》げる俺に、彼女は少々恥《は》ずかしそうに頬《ほお》を掻《か》いて言った。

「その、今回は助かったぜ。正直、あんたがいなけりゃアフラールのやつらを助けることはできなかったからな。あんたにはマジで感謝してる。ホントにありがとよ」

「いや、気にしなくていいさ。それも君たちが今まで必死に頑張り続けていてくれたおかげだからな。むしろ君の方こそ胸を張ってくれ」

俺がそう笑いかけると、オフィールも「へへっ♪　おう！」と嬉《うれ》しそうに歯を見せて笑ってくれたのだが、

「――よし、つーわけで本題に入らせてもらうぜ」

「？」

彼女はそのまま不敵な笑みを浮かべて言った。

「あの人間嫌いのババアが認めるくらいだ。確かにあんたはただの荷物持ちなんかじゃねえ。恐らくはマジもんの英雄さまなんだろうよ。そりゃ聖女二人が嫁になってんのも当然だ。つーか、聞いたぜ？　あんたに抱かれるとあたしたち聖女はさらに強くなれるんだってな？」

おい、誰だそんなことを言ったやつは。

「……」

――ちらり。

「「……」」

――すっ。

俺が半眼《はんがん》を向けると、アルカとマグメルが揃《そろ》って気まずそうに視線を逸《そ》らした。

あれはきっと二人して自慢げに語ったんだろうな……。

「ふん、イグザの愛を存分《ぞんぶん》に受けたこの私に勝てるとでも思っているのか？」とか「言っておきますが、今の私はイグザさまの温《ぬく》もりに溢れています。なんならお二人揃ってお相手して差し上げてもよろしいのですよ？」みたいな感じで。

絶対そうだわー……、と頭痛を覚えそうになっていた俺に、オフィールは悔《くや》しさを噛《か》み締めるように拳《こぶし》を握って続ける。

「あたしは今よりももっと強くなりてえ。今回のことで自分がまだまだ弱《よえ》えっつーことがよくわかったからな。だからそこで一つ提案だ、イグザ」

「提案？」

「ああ。あんた、あたしのことをどう思ってる？」

「「――なっ⁉」」

アルカとマグメルが揃って目を見開く中、俺は「どうと言われても……」と困惑《こんわく》する。

彼女とはまだ出会って日も浅いし、子ども好きで明るい性格だというのはわかるけど……。

俺がなんと答えたらいいか考えあぐねていると、オフィールが珍《めずら》しく色っぽい視線をこちらに向けて言った。

「自分で言うのもなんだけどよ、結構いい女だろ？　顔だってそこの二人に負けちゃいねえし、乳も尻《しり》もこん中じゃ一番でけえ。そんないい女を男として抱いてみてえとは思わねえか？」

「そ、それはまあ……はい」

「おい」「もし」

「い、いや、だって……」

男として抱きたいか抱きたくないかと言われたら、そりゃ抱きたいに決まってるじゃないか。

むしろ抱きたくないという方が不自然だろ……。

そのくらい凄い身体《からだ》してるし……。

てか、服装もほぼ下着みたいな感じだし……。

「へへ、そうこなくっちゃな。なら話は簡単だ。——あたしとさしで勝負しな、イグザ。それでもしあんたが勝ったんなら遠慮はいらねえ——あたしの全《すべ》てをあんたにくれてやる。一晩でも二晩でも好きなだけあたしを抱きな」

「お、おい、ちょっと待て!?　二日連続はルール違反だ！」

「そ、そうです！　ちゃんと順番を守ってくださいまし！」

「いや、突っ込むところそこじゃないよね……？」

揃って抗議の声を上げる女子たちに半眼を向けつつ、俺は問う。

「もし俺が君に負けたら？」

「そん時は三人まとめてあたしの舎弟《しやてい》だ。とりあえずあたしの気が済むまで修行の旅に付き合ってもらうぜ」

「……なんだと？」

「な、何故《なぜ》私たちまであなたに従わないといけないんですか!?」

当然、女子たちが再び声を張り上げる中、オフィールはにっと不敵に笑って言った。

「そりゃおめえらがこいつの嫁一、二号だからに決まってんだろ？　まさかあんだけあたしに愛だなんだとノロケといて、いざって時だけ知らんぷりなんてことはねえよな?」

「と、当然です！　私はイグザさまと生涯添い遂《と》げると心に誓《ちか》ったのですから！」

「右に同じだ。というわけで——イグザ」

「うん?」

アルカに呼ばれ、俺が小首を傾げていると、彼女はその豊かな胸を大きく張ってこう告げてきた。

「愛する正妻と妾《めかけ》からのお達しだ。この際、妾がもう一人増えても構わん。——全力でやれ」

「はは、了解だ」

愛するお嫁さんたちにそう言われてしまったのならば仕方あるまい。

久々に全力でやらせてもらうとしよう。

だがその前に——。

「今一度確認しておくけど、俺が勝ったら君は俺の嫁になって一緒に世界を救う。俺が負けたら俺たちは君の舎弟として君が満足するまで修行に付き合う——それでいいんだな?」

「ああ、そういうこった。まあどのみちあんたらについて行くのが一番の近道になりそうだからな。勝っても負けてもやることは大して変わりゃしねえし、要はあたしを抱けるか抱けねえかの違いだ。悪い提案じゃねえだろ?」

「そうだな。確かに悪い提案じゃない。でも君は本当にそれでいいのか?　もし負けたら俺に抱かれることになるんだぞ？　いや、もちろん無理にはしないけどさ……」

「ああ、問題ねえよ。あたしは強《つえ》えやつが好きだからな。確かにアフラールを救うには少々力が足りなかったが、それでも今のあたしをさしで倒せる男がいるとは思っちゃいねえ。もしそんなやつがこの世にいるとするなら、そいつは間違いなくあたしの旦那《だんな》になる運命の男だ。むしろこっちから抱かれに行ってやるさ」

　そう豪快に言い放つオフィールに、俺がなんとも言えない気持ちよさを覚えていると、アルカが「ふむ」と腕を組んで言った。

「癪《しゃく》だがお前の気持ちは理解できる。かく言う私も似たようなものだったからな」

「だろ？　おめえはそうじゃねえかと思ってたぜ」

　にっと嬉しそうな笑顔を見せた後、オフィールは言う。

「あたしはな、正直〝男〟ってもんになんの期待もしちゃいねえ。今までに出会った男どもはどいつもこいつも口先ばかりの腑抜《ふぬ》け揃いだったからな。けどあんたは違う。あたしを心底《しんそこ》燃えさせてくれる男だって、あたしの勘《かん》がそう言ってやがるんだ」

　……勘？

「一応聞いておくけど、その勘ってここら辺からきてないよな……？」

　そう言って下腹部を指差す俺。

　すると、オフィールは「あん？」と怪訝《けげん》そうに眉《まゆ》を顰《ひそ》めて言った。

「んなわけねえだろ？　つーか、勘ってそこにあんのかよ？」

「い、いや、ないと思う……あはは」

「？」

いかんいかん。

アルカたちが揃って子宮をきゅんきゅんさせるものだから、なんかそういうものなのかもしれないと勝手に思い込んでいたのだが、どうやら違ったらしい。

まあ普通に考えればそうだよな……、と変な安堵《あんど》感を覚える俺だったが、その時ふとオフィールが思い出したように言ったのだった。

「あー、でもあれだぜ？　ババアに啖呵《たんか》を切ってるあんたを見た時は、なんかこうここら辺がきゅんきゅんしたな」

……おや？

とりあえずきゅんきゅん疑惑に関しては置いておくとしてだ。

オフィールと真剣勝負をすることになった俺だったが、「子どもらに怪我《けが》をさせたら殺す」とトゥルボーさまに脅《おど》され、神殿はおろか砂嵐の結界《けっかい》からも出て戦うことになってしまった。

しかしトゥルボーさまはすっかり母性の塊《かたまり》みたいな人になってるなぁ……。

それはとても喜ばしいことなのだが、最初の印象から比べるとほぼ別人レベルの変わりようである。

「さあて、そんじゃいっちょぶちかましてやるかッ！」

ともあれ、オフィールが得意げに聖斧《せいふ》を構える。

もちろん少し離れたところではアルカとマグメルが固唾《かたず》を呑《の》んで状況を見守っていた。

「本当に全力でいいんだな？」

「ったりめえだ。もしちょっとでも手を抜きやがったら許さねえからな」

「わかった」

なら！　と俺はスザクフォームへと変身する。

そして魔刃剣《まじんけん》ヒノカグヅチを片刃《かたは》の長剣にし、低い位置で構えた。

「……へえ。こいつは楽しめそうだぜッ！」

どんっ！　と大地を蹴《け》り、オフィールが肉薄してくる。

そのスピードたるや、アルカの刺突《しとつ》にも及ぼうかというレベルだった。

「おらあッ！」

「はあッ！」

――がきんっ！

当然、俺は彼女の一撃を最速の抜刀術《ばっとうじゅつ》で弾《はじ》き返す。

手に伝わる衝撃はかなりのもので、スピードだけでなくパワーも規格外であった。

さすがは女神の娘として育てられた聖女だ。

戦闘能力だけで言えば、明らかにほかの聖女たちを凌駕《りょうが》しているだろう。

だが。

――ざんっ！

「おっと！」

俺は即座にヒノカグヅチを双剣《そうけん》に変え、追撃《ついげき》を行う。

「おもしれえ武器だな！　確かにいい速さだぜ！」

けどな！　とオフィールが大振りで俺を薙《な》ぎ払う。

「パワーが足りねえッ！」

――ぶうんっ！

「そうかい！　ならこれならどうだッ！」

――ごうっ！

オフィールの攻撃をすれすれで躱《かわ》した俺は、そのままヒノカグヅチを大剣に変え、身体《からだ》を捻《ひね》って上からの斬撃《ざんげき》を放つ。

が。

「――〝《神纏《グランド》》風絶轟円衝《テンペストブレイク》〟ッッ!!」

――どがんっ！

「うおわっ!?」

オフィールの放った横薙《よこな》ぎの風属性武技《ぶぎ》によって大剣ごと弾き飛ばされてしまった。

な、なんつー威力《いりょく》だ!?

直撃を受けたわけじゃないのに、両腕はおろか肋骨《ろっこつ》まで何本か持《も》っていかれたぞ!?

「へへっ、どうだい？　風の女神さま仕込みの武技は骨身に染《し》みるだろ？」

「……ああ。君は本当に強いな。おかげで身体が温まってきたよ」

「はっ、強がりはよしな。今の一撃であんたの両腕は使い物にならねえはずだ。それにあんたの技《わざ》も大体見切った。随分《ずいぶん》とおもしれえ戦い方だったから一瞬面食《めんく》らっちまったが、その程度じゃあたしは倒せねえよ」

「ああ、そうだろうな。だから見せてやるよ。俺の──〝全力〟ってやつをなッ！」

──ごうっ！

「──っ!?」

そう告げた後、俺は上空へと舞い上がる。

そしてヒノカグヅチを〝杖《つえ》〟に変化させて言った。

「穿《うが》てッ！　清浄なる光の牙《きば》──〝天帝幻朱閃光《サンライトヴァーミリオン》〟ッッ!!」

「ちょっ!?」

──どがあああああああああああああああああああああああんっっ!!

「おい、こら!?　てめえは剣士だったんじゃねえのかよ!?　つーか、なんで腕使えんだよ!?　折れてるはずだろ!?」

慌《あわ》てて砂漠の中を逃げ惑《まど》うオフィールに、俺は「悪いな」と一言謝って言った。

「俺は〝剣聖〟であって〝神槍《しんそう》〟であって〝無杖《むじょう》〟でもあるんだ。あと腕はとっくに治ってるよ」

「はあっ!?　んなことあるわきゃねえだろ!?　って、うおおっ!?」

どばんっ！　と槍《やり》状に変化させたヒノカグヅチで特攻を仕掛ける。

オフィールは間一髪《かんいっぱつ》のところでそれを躱したようだったが、俺の攻撃にはまだ続きがあった。

「そしてな――」

ヒノカグヅチが新たな形へと組み直されていく。

それは大きな刃を持つ長柄《ながえ》の得物《えもの》。


――そう、〝斧《おの》〟であった。


「これが君の――〝冥斧《めいふ》〟の力だ」

「――なっ!?　て、てめえまさか!?」

「ああ、そうだ」

大きく振りかぶったヒノカグヅチに暴風が渦巻《うずま》いていく。

そして。

「――《神纏《グランド》》風絶轟円衝《テンペストブレイク》〟ッッ!!」

――どがんっ!

「うおあああああああああああああああああああああっ!?」

俺の一撃をまともに食らい、オフィールが砂の上をごろごろと転がっていく。

遅れて彼女の聖斧が、ざんっと上から降ってきた。

「一つ言い忘れていたが、俺は戦った相手のスキルと技量をそのまま自分のものにすることができるんだ。ついでに言えば不死身だから死なないし、受けた傷も一瞬で治る」

あと任意のタイミングでお子さまを作ることもできるんだけど……まあそれは言わなくていいや。

「な、なんだそりゃ……。そんなの反則じゃねえか……」

悔《く》しそうに唇《くちびる》を噛《か》み締めるオフィールに、俺は静かに頷《うなず》いて言った。

「ああ、その反則なのが俺なんだ。自分で言うのもあれだけど、今の俺は反則級の強さを持っている。しかもまだまだ成長途中だからな。正直、自分でもどこまで強くなれるのかすらわからない」

戦う相手が強ければ強いほどさらにそれを超えていくのだ。

一体どれだけの高みに達することができるのか――俺自身、微妙に期待しているのもまた事実だ。

「と、まあ君が相手にしたのはそんな男なわけなんだけど……希望には添えた感じかな？」

俺がそう控《ひか》えめに問いかけると、オフィールはどさりと砂の上に大の字になって言った。

「あ～あ、そんなめちゃくちゃなやつになんざ勝てるわきゃねえだろ……。まったく、とんでもねえやつがいたもんだぜ……」

「はは、ごめんな」

苦笑いを浮かべる俺に、オフィールは「けどよ」と口元を不敵に歪《ゆが》めて上体を起こした。

「このあたしの男としては最っ高じゃねえか！　――いいぜ！　今からあたしはあんたのもんだ！　さあ、さっさと抱いちまいな！」

――たゆゆんっ！

「ちょっ!?　何してんの!?」

豪快に上着をぶん投げてトップレスになったオフィールに、俺は比喩《ひゆ》抜きで両目が飛び出しそうになっていたのだった。

◇

その日の夜。

俺はオフィールとともに旧盗賊《とうぞく》団のアジトにいた。

というのも、あれからあまりにもオフィールが抱け抱けとしつこかったので、ご要望通り神殿に戻って彼女を抱こうとしたところ、トゥルボーさまがぶち切れ一歩手前みたいな顔で「失《う》せろ」と追い出してきたのである。

まあお子さまの教育上よくないとでも思われたのだろう。

というより、娘同然のオフィールが男を連れてきてこれから色々始めます的に言えば、そりゃ失せろと言われてもおかしくはないのかもしれない。

少なくとも俺が父親だったらショックでハゲるレベルである。

「お、おい、あんま見んなよ……」

「あ、ああ、ごめん」

ともあれ、燭台《しょくだい》の灯《あか》りが照らすベッド上で、オフィールが恥《は》ずかしそうに胸元を両腕で隠す。

ここに来る前は今にも襲《おそ》いかかってきそうな勢いで迫ってきていたのだが、アルカたちに留守番を頼むという最難関クエストを挟《はさ》んだことで段々と冷静になったらしく、今となっては事に及べるのかさえ怪《あや》しい状況になっていた。

「……？」

だが俺はそこでふと疑問に思う。

確かはじめてここでオフィールと会った際、彼女はまるで経験が豊富であるかのような口ぶりで俺たちを挑発《ちょうはつ》していた。

なのにこの恥じらいようは一体どういうことなのだろうか。

いくら冷静になったとはいえ、生娘《きむすめ》でもあるまいし、豪放な性格の彼女には少々そぐわない気がするのだが……って、ちょっと待てよ？

「なあ、オフィール」

「な、なんだよ？」

まさかと思い、俺は下半身を毛布で隠したまま彼女にそれを問うてみる。

「もしかしてはじめてなのか……？」

「～っ!?」

すると、彼女は顔を赤らめてそっぽを向いた。

「あ、ああ、そうだよ!?　なんだよ、わりいかよ!?」

「い、いや、別に悪くはないけど……。その、ちょっと安心したなって」

「……安心？」

「ああ。だって君の全《すべ》てを俺だけのものにできるだろ？」

「～っ!?」

その瞬間、オフィールの顔が目に見えて茹《ゆ》で上がったのがわかった。

「……馬鹿《ばか》野郎。あーもう……」

そして彼女は耳まで赤くしながら顔を伏せ、そう呟《つぶや》いたかと思うと、

「──うおっ⁉　──むぐっ⁉」

俺を力尽《ちからず》くで押し倒し、そのまま唇を奪ってきた。

「んちゅっ……れろ……んっ……」

当然、俺もただされているだけではなく、オフィールと激しく舌《した》を絡《から》ませる中、彼女の逞《たくま》しくも柔らかい身体をぎゅっと抱き寄せ、鷲掴《わしづか》むように尻肉《しりにく》の感触を堪能《たんのう》する。

一体どれだけの時間そうしていただろうか。

「はあ……はあ……」

唾液《だえき》の糸を引きながらゆっくりと唇を離したオフィールの顔はすっかり蕩《とろ》けきっており、いつもの男勝りな彼女からは想像できないほどの色香《いろか》に溢《あふ》れていた。

……なんて可愛《かわい》いんだろう。

早く彼女を俺だけのものにしたい──そんな欲求が止《と》め処《ど》なく溢れてくる中、オフィールは俺の胸元や腹部に軽くキスをしつつ、徐々《じょじょ》にその位置を下の方へと移動させていく。

そしてすでに充血済みだった俺の一物《いちもつ》を優しく摑《つか》むと、

「……はむっ」

「うっ……」

それを躊躇《ちゅうちょ》なく咥《くわ》え、口内で満遍《まんべん》なく愛してくれた。

「んっ……じゅぽっ……ちゅるっ……」

「ちょ、オフィール……っ」

彼女の口淫《こういん》は本当にはじめてかと疑いそうになるほどの快楽を俺に与え、あっという間に達してしまいそうになる。

「……ちゅぷっ……へへっ」

そしてそれはオフィールもわかっていたようで、彼女はぎりぎりのところで口を離し、嬉《うれ》しそうに笑って言った。

「そんなに気持ちよかったのか？」

「あ、ああ……。正直、やばかった……」

「へへ、ならもっと気持ちよくさせてやるよ」

そう言うなり、オフィールはその豊満すぎる乳房《ちぶさ》で俺の一物を挟み込み、扱《しご》き始める。

刺激的には先ほどよりも弱いのだが、気の強い彼女に奉仕《ほうし》させているという征服欲のようなものが俺を満たし、なんとも言えない満足感に包まれる。

「どうだ？　あたしの胸はすげえだろ？」

「ああ……。これはいろんな意味でやみつきになりそうだ……。その、一応聞くけど本当にはじめてなんだよな……？」

「当たり前だろ？　こんなことあんたにしかしたことねえよ。つーか、あたしだって恥ずかしいんだぞ……？　でもなんかよくわかんねえけど、あんたにはもっと気持ちよくなってほしいっつーか……」

「はは、そっか。ありがとな。その気持ちはよくわかるよ。俺もアルカたちを抱いている時は君と同じ気持ちになるしな……って、いてててててて!?　ちょ、オフィール!?」

突如股間《とつじょこかん》に走った激痛に俺が身悶《みもだ》えしていると、オフィールが俺の一物から口を離し、拗《す》ねたように言った。

どうやら噛みつかれていたらしい。

「……あたしとしてる時にほかの女の名前を出すんじゃねえよ」

「そ、そうだな。ごめん……」

「ふん、許してほしかったらあたしをあいつらなんか目じゃねえくらい最っ高に気持ちよくさせるこったな。じゃねえとぜってえ許さねえ」

「ああ、わかった」

なら、と今度は俺が彼女の上に覆《おお》い被《かぶ》さる。

そして。

「俺から離れられなくなるくらい気持ちよくしてやるから覚悟しておいてくれ」

「はっ、そりゃ楽しみだぜ。けどそんな簡単に落とせるほどあたしは……あっ、んんんんんんんんんんんんっっ!?」

俺は美味《おい》しそうにぷくりと屹立《きつりつ》していたオフィールの乳首へと、問答無用《もんどうむよう》でむしゃぶりついたのだった。

◇

「あっ⁉　んあっ⁉　ああっ⁉　ふああああああああああっ⁉」

ぱちゅんぱちゅん、と淫靡《いんび》な水音を室内に響かせながら、俺はオフィールの豊かな尻に幾度《いくど》も腰を打ちつけ、互いに何度目かもわからない絶頂を迎える。

あれから乳首への愛撫《あいぶ》だけで三度ほど彼女を絶頂へと導いた俺は、そのまま濃厚な雌《めす》の香りを放つオフィールの下腹部へと顔を埋め、さらに五度ほど絶頂を味わわせてやった。

夜の王スキルを持つ俺が全身全霊で愛したのだ。

秘所から溢れ出た蜜《みつ》はシーツに地図を作るほど潤沢《じゅんたく》で、およそ純潔とは思えないほどスムーズに俺の猛《たけ》りきった一物を受け入れてくれた。

彼女の中はとても熱く、思わず溶けてしまうかと思ったほどだ。

そしてオフィールが四肢《しし》を使ってがっしりと俺に抱きついてくる中、俺は彼女のもっとも深い場所を何度も何度も責め立て、やがてほぼ同時に激しく達した。

もちろん互いに昂《たかぶ》っていた俺たちはそれだけでは終わらず、こうして体位を変えては愛し合い、果てではまた体位を変えて愛し合うを繰り返していたのである。

「……へへっ、どうだ……んっ⁉　あたしの、中は、気持ち……いひぃっ⁉　ちょ、次はあたしの……ん、そんな深く……あっ♡　ああっ♡　ん、これだめっ……あっ♡　ん、あっ♡　あっ♡　あっ♡」

とくにこの下から彼女を突き上げる体位は本当に圧巻《あっかん》の光景だった。

ベッドを大きく軋《きし》ませながら、まるで自我を持ったかのようにオフィールの巨乳……いや、爆乳がぶるんぶるんっと跳《は》ね回るのだ。

それだけでも十分興奮《こうふん》する光景なのだが、本当に感じている時のオフィールはアルカ同様、声が高くなるというのがまた俺の情欲を掻《か》き立て、突き上げる腰にも一層の力強さを漲《みなぎ》らせた。

「あっ♡　は、あっ♡　き、気持ち、いい……あっ♡　こ、こんなこと続けられたら……んっ♡　あ、あたしもう、あんたのことしか……あっ♡　考えられなく、なっちまう……あんっ♡　あっ♡　あっ♡　イ、クっ……あっ♡　あっ♡　あああああああああああああっ♡」

「ぐっ……」

びくんびくんっ、とオフィールが背筋《せすじ》を反《そ》らし、それに伴《ともな》って彼女の蜜壺《みつつぼ》が俺の精を搾《しぼ》り取るべく収縮する。

その快楽はとても抗《あらが》えるものではなく、俺もまた溢れるほどの精を彼女の中へと解き放っていた。

「はあ、はあ……」

そうしてゆっくりと身体を倒してきたオフィールを俺は優しく抱き止め、汗《あせ》だくのまま呼吸を整えている彼女の頭を優しく撫《な》でる。

するとオフィールは嬉しそうに俺の胸元にその身を預けて言った。

「……やばい。あたし、もうあんたなしじゃ生きていけないかもしれない……」

「ならずっと俺の側《そば》にいればいいさ。君が側にいてくれたら俺も嬉しいし」

「ああ、あたしもあんたと離れたくない……。だってあたしはもうあんただけの女なんだから……」

「そうだな。君はもう俺だけの女だ」

「うん……んっ」

ちゅっ、とキスを交わし、オフィールが上体を起こす。

そして。

「あっ……」

彼女は再び腰を動かし始めたのだった。

36章　量産型の聖女!?

「……で、何か申し開きたいことはあるか？」

「え、えっと、その……すみませんでした……」

そうして皆の待つ神殿へとオフィールを連れて帰還《きかん》した俺だったのだが、戻ってきて早々全力で土下座《どげざ》をする羽目《はめ》になってしまっていた。

何故《なぜ》そうなったのかは、この笑顔なのに目の笑っていないアルカを見れば一目瞭然《いちもくりょうぜん》だと思う。


――そう、帰還が半日以上遅れてしまったんです……。

もちろん俺としても早めに帰るつもりだったのだが、「なあ、もう少しだけこのままでいていいだろ……？　戻ったらあたしだけのイグザじゃなくなっちまうんだしよぉ……」と甘えるように言われてしまい、じゃあもう少しだけと彼女を抱き締めながら一緒に寝ていたところ、軽いキスからの濃厚な一戦がまた始まってしまったのである。

だが俺とて皆が待っているのは百も承知《しょうち》。

ゆえに「そ、そろそろ戻らないと……」と度々《たびたび》ベッドから出ようとはしたものの、その都度《つど》「だーめ♪」の繰り返しで、気づいたらとっくに日が落ちていたんですね……。

本当に不思議です、はい……。

「ふふ、私《わたくし》たちは別に責めているわけではないのですよ？　イグザさま。ただどうして〝午前中には戻る〟というお約束を破ってまでそこの筋肉オーガさまと一緒にいらしたのかなって」

「そ、それは……おぶっ⁉」

「はっ、そりゃあたしの身体《からだ》にメロメロだったからに決まってんだろ？　つーか、誰が〝筋肉オーガ〟だ」

俺の顔を強引にその豊満な胸元に抱き寄せ、オフィールがマグメルに半眼《はんがん》を向ける。

が、平時ならまだしも、割と素《す》で一触即発《いっしょくそくはつ》なこの状況である。

オフィールの挑発《ちょうはつ》は火に油どころではなく、

「お前は少し黙ってろ」

――ぎろりっ。

「あなたはちょっと黙っていてください」

――じろりっ。

「お、おう……。わりい……」

尋常《じんじょう》ではない二人の圧《あつ》にすっかり小さくなっていた。

「で、今の話は本当か？　イグザ。この私を忘れるほどにその女の身体がよかったと」

「い、いや、そんなことは一言も……。てか、別に忘れていたわけじゃ……」

と。

「とりあえずお話は寝室の方でゆっくりとお聞かせくださいましね、イグザさま」

ぐいっとマグメルが俺の腕を引いてくる。

「え、あの、俺、今帰ってきたばかりなんだけど……」

「そうだな。だがもう床に就《つ》く時間だ。続きはベッドの中でたっぷりと聞かせてもらうことにしようか」

「い、いや、あの、ちょっと二人とも……？」

同じくアルカがもう一方の腕をぐいっと引き、そのままずるずると引きずられていく俺。

そうして弁明をする間もなく、俺は彼女たちのご機嫌が直るまでベッドの中で色々と励《はげ》むことになったのだが、そこは相手を満足させることに特化した夜の王スキルである。

怒り心頭かつ相手をするのはどちらが先かと剣呑《けんのん》な雰囲気《ふんいき》だったにもかかわらず、あっという間に前回同様、三人での夜に持ち込むことに成功したのだった。

ただ途中でトゥルボーさまが、ばんっとけたたましく扉を開け、「貴様らは我《われ》に殺されたいのか……っ？」と額《ひたい》に青筋《あおすじ》を浮かべて現れた時は正直どうしようかと思った。

まあ俺のフル戦闘モードな股間《こかん》を見た瞬間、真っ赤な顔で扉を閉めていったんだけど……。

てか、トゥルボーさまも悲鳴とか上げるんだな……。

◇

と、そんなハプニングもありつつ、トゥルボーさま（微妙によそよそしかった）のもとをあとにした俺は、火の鳥形態《けいたい》こと〝ヒノカミフォーム〟に三人を乗せた状態で南を目指していた。

今までは目立ちすぎるのでスザクフォームを主に使用していたのだが、トゥルボーさまから賜《たまわ》った風属性の術技《じゆつぎ》――〝断空結界陣《インビジブルコーティング》〟により、移動中の姿を隠すことができるようになったのである。

ゆえにこれは楽ちんだとばかりに女子たちと空の散歩を楽しんでいたのだ。

「しかしこのパーティーもなかなか大所帯になってきたな。私と二人で旅をしていた頃が懐《なつ》かしく思えてくるぞ」

「そうですね。確かお二人は武術都市レオリニアで出会われたのだとか？」

「ああ。たまたま私が腕試しの旅をしていた時にな、こいつがライバル店の冒険者として現れたのだ。武神祭《アラストル》は各武具店の対抗試合だったからな」

「へえ、そりゃもったいねえことをしたぜ。あたしが出てりゃ優勝間違いなしだったたってのによ」

「ほう？　イグザにこてんぱんにされておいてよく言えるな、〝斧《おの》〟の聖女」

アルカの言葉に、オフィールは寝転がったまま言った。

「はっ、当然だろ？　そん時のイグザはまだ《疑似《ぎじ》剣聖》の派生《はせい》スキルだけで、スザクフォームだかもマスターしてなかったんだからな」

「やれやれ、お前はおつむもオーガ並みなのか？」

「あん？」

さすがに今のはイラッときたらしく、オフィールが上体を起こす。

すると、アルカは確信を持った顔でこう言った。

「イグザの力の神髄《しんずい》は〝無限に成長する〟ことにある。それも相手が強ければ強いほどにな。つまりたとえお前があの時あの瞬間にイグザと戦ったとしても、こいつはお前の強さを糧《かて》にしてさらなる高みへと到達したことだろう。よってお前が勝つのは不可能だ」

「あーそうかい。聖女アルカディアさまは随分《ずいぶん》とあたしの男にお詳《くわ》しいようで」

そう不満げに肩を竦《すく》めるオフィールに、アルカはどや顔かつその豊かな胸を張って言った。

「ふふ、当然だろう？　何故なら私はイグザの〝正妻〟なのだからな」

「……（イラッ）」

なんでもいいけど、人の背中の上で喧嘩《けんか》しないでほしいなぁ……、とそんな俺の願いもむなしく、オフィールが「てかよぉ」とあぐらを組み直して言った。

「単に一番早く出会っただけで正妻面《づら》とかおかしくねえか？」

「……なんだと？」

「そ、そうです！　愛の深さでしたら私の方が断然上なんですし、むしろ私を正妻にすべきだと思います！」

「ほら、嫁二号からも不満の声が上がってんぞ？　これで二対一だ」

「ふん、それが一体なんだと言うのだ。私とイグザが心の底から愛し合っているのはもはや自明の理。お前たちとは格が違うのだ、格が」

「それを仰《おっしゃ》るのでしたら私たちだっていっぱい愛し合っています！」

「おう、あたしだってたっぷりと愛し合ったぜ？　マジ激しすぎて腰が抜けちまったからな」

「そ、そういう肉体的なことを言っているのではない。私が言いたいのはだな――」

と。


「――皆、摑《つか》まれッ！」

「「「――っ!?」」」
俺が声を張り上げた――次の瞬間。

――どひゅうううううううううううううううううううううううっ！


俺たちのすぐ側《そば》を何か光の矢のようなものがかすめていった。

「な、なんだ今のは⁉」

「おいおい、見えてねえんじゃなかったのかよ⁉」

「そ、そのはずなのですが……」

「また来るぞ！」


――どひゅうううううううううううううううううううううっ！


再度狙《ねら》い撃ちされるも、俺はぎりぎりのところでそれを躱《かわ》す。

誰が狙ってきているのかはわからないが、どうやら完全にこちらの位置はバレているらしい。

「このままじゃいい的《まと》だ！　一旦《いったん》下の森に隠れよう！」

「承知《しょうち》した！」「わかりましたわ！」「ああ、了解だ！」

三人が揃《そろ》って頷《うなず》いた後、俺は高度を下げて森の中へと逃げ込む。

そしてヒノカミフォームを解除し、全員の無事を確認しようとしたのだが、

「――無駄な抵抗はやめてください。あなたたちはすでに包囲されています」

「「「――っ!?」」」

同時に響く見知らぬ少女の声音《こわね》。

いつからそこにいたのか。

俺たちの見上げた先――太い枝の上で静かに弓を構えていたのは、無機質な表情をした十歳くらいの女の子だった。

しかも。

「――無駄な抵抗はやめてください」

「――あなたたちはすでに包囲されています」

「――無駄な抵抗はやめてください」

「――あなたたちはすでに包囲されています」

まったく同じ顔の少女が幾人《いくにん》も俺たちを囲み、やはり同じことを口にし続けていたのである。

一体この子たちはなんなのか。

怪訝《けげん》そうに様子を窺《うかが》う俺たちだったが、そこでふとマグメルが驚愕《きょうがく》の表情で言ったのだった。

「し、信じられません……っ!?　あの子たちは皆――〝聖女〟です……っ!?」

《聖女パーティー》エルマ視点12：イグザが英雄ですって!?

もうこうなったらパーティー集めなんてどうでもいいわ！

とにかく真イグザが馬鹿《ばか》イグザでないことを証明して、このもやもやもイライラも全部まとめて解消してやるんだから！

そう勢い込んだあたしは、武術都市レオリニアを離れ、北の城塞《じょうさい》都市――〝オルグレン〟へと赴《おもむ》いていた。

なんでもレオリニアに逗留《とうりゅう》していた旅人の話だと、神秘的な槍《やり》を背負っためちゃくちゃ美人な冒険者が冴《さ》えない感じの冒険者とイチャイチャしながら北へ向かったというのだ。

それを聞き、あたしの女の勘《かん》がビビッと告げた。

――間違いなくその二人組は〝槍〟の聖女と真イグザであろう、と。

恐らくは武神祭《アラストル》で真イグザに敗《やぶ》れた〝槍〟の聖女が、「聖女である私を打ち負かすなんて素《す》敵《てき》！　抱いて！」みたいな感じで彼の虜《とりこ》になったのだろう。

あーやだやだ。

これだから尻軽女《しりがる》は嫌なのよね。

まったく、聖女の品を落とさないでほしいものだわ。

……。

あーもうなんなのよ!?

なんかすっごいイライラする!?

真イグザが別人なのは明白もいいとこなのに、なんでこんなに馬鹿イグザ感が出てくるのよ!?

しかもめちゃくちゃ美人とイチャイチャしてたですって!?

馬鹿イグザのくせに生意気なのよ！

いや、馬鹿イグザじゃないんだけど！

てか、本当にどっちなのよおおおおおおおおおおおおおおっ!?　とあたしが今すぐにでも感情の赴くままに頭を掻《か》きむしりたい思いでいる中、どうやら謁見《えっけん》の準備ができたらしい。

「こちらへどうぞ、聖女さま」

「え、ええ、ありがとうございます」

衛兵《えいへい》に促《うなが》され、あたしは豚《ぶた》……もといポルコともども玉座《ぎょくざ》の間《ま》へと赴く。

「――ようこそおいでくださいました、聖女エルマさま」


玉座に浅く腰かけ、そう嫋《たお》やかに微笑《ほほえ》むのは、ここの城主であるフレイルさまだ。

女の城主というのもなかなか珍《めずら》しいが、聞けば先の戦《いくさ》で夫である先王を亡くしたらしい。

それはとても悲しいことだと思う。

が！

それよりも今は馬鹿イグザ……ではなく真イグザのことだ。

「お初にお目にかかります、フレイルさま。私は〝剣〟の聖女――エルマ。遅ればせながら、このオルグレンの危機を聞きつけてやって参りました。ですがすでに事態は回避されたご様子。肝心《かんじん》な時にご助力できず、本当に申し訳ありませんでした」

謙虚《けんきょ》な心がけを忘れない聖女の鑑《かがみ》である。

まあ危機だったってのはさっき城下町の人に聞いたんだけどね。

「ほへ～……」

てか、あんたも頭下げなさいよ、豚⁉

このパーティーの品格が疑われるでしょ⁉

何ぽけーっと人妻の色気にやられてんのよ⁉

ぐぎぎとあたしが横目で睨《にら》みを利《き》かせる中、フレイルさまが微笑んで言う。

「どうぞお顔をお上げください、エルマさま。そのお気持ちだけで我々は十分でございます」

「お心遣《づか》いに感謝いたします、フレイルさま。それでどうやらこの町を救ったのは私と同じ聖女だとお伺《うかが》いしたのですが……」

「はい。聖女であるあなたさまにならお話ししても構わないと思うのですが、この町を救ってくださったのは、遙《はる》か遠方より〝槍〟の聖女アルカディアさまとともに足を運んでくださった炎の英雄――イグザさまです」

「――っ!?」

はあっ!?

イグザが英雄ぅ!?

あまりにも突拍子《とっぴょうし》のない話を聞き、あたしの中ではもう二人のイグザがごちゃ混ぜになっていたのだった。

37章 〝弓〟の聖女は笑わない

――軍事都市ベルクア。

それが今俺たちがいる国の名前らしい。

どうやら知らないうちにベルクアの領空……いや、領土内へと入ってしまったようだ。

だがいくら領土侵犯とはいえ、ここまで熱烈な歓迎を受けたのははじめてである。

たぶん〝領土〟というものに対してかなり神経質な国なのだろう。

まあ、ほかの国が緩《ゆる》すぎるだけなのかもしれないが……。

「しかし随分《ずいぶん》と物々しい雰囲気《ふんいき》の町だな」

「そうですね。なんというか、皆さま何かに怯《おび》えていらっしゃるように思えます」

周囲の光景を見渡し、俺たちはなんとも言えない違和感を覚える。

住民の方々も兵士にはあまり近づかないようにしているみたいだし、何かよほど立場が弱いのだろうか。

「つーか、マジでこのまま王宮に向かうつもりなのかよ？　こんなガキども、あたしらがその気になりゃあっという間だろ？」

オフィールが俺たちを連行している件《くだん》の少女たち五人を見やって不満を漏《も》らす。

マグメルの話だと、この子たち全員から聖女の気配を感じるというが、まさか本当に全員が聖女だとでもいうのだろうか。

確かに皆同じ顔をしているし、あの弓術《きゆうじゆつ》もかなりの威力《いりよく》だったけれど……。

「とにかく今は町の実情を把握《はあく》するのが先決だろう。これだけ軍備に力を入れているのだ。恐らくはこの子らも何かしらの兵器だと私は推測《すいそく》している。――〝聖女〟を使った何かしらのな」

「けどよぉ……」

自由を好むオフィール的に、今の状況はあまり好ましいものではなかったらしい。

その気持ちは大いにわかるのだが、確かに今はアルカの言うとおり、この町の実情を把握するのが先である。

ゆえに俺はオフィールを宥《なだ》めるようにふっと口元を和《やわ》らげて言った。

「まあ俺たちが聖女一行だってことは伝えてあるんだし、とりあえずここの王さまに会って話を聞いてみようぜ。もしそれで不当に拘束《こうそく》されるようなことがあったなら、その時は大いに暴れてくれて構わないからさ」

「おう！　そん時は全力でこの町をぶっ潰《つぶ》してやるぜ！」

俺の言葉にオフィールがそう嬉《うれ》しそうに拳《こぶし》を握る。

いや、まあ……うん。

別に町はぶっ潰さなくてもいいんだけどね……?

◇

「——よくぞ我がベルクアに参った。歓迎するぞ、聖女たちよ」

そうして玉座《ぎょくざ》の間《ま》で俺たちを迎えたのは、見た目四十代くらいの厳格そうな男性だった。

重そうな鎧《よろい》を着込んでおり、放たれる威圧感《いあつ》からもかなり鍛《きた》え込んでいる様子が窺《うかが》える。

きっと王でありながら戦士としても一流なのだろう。

だがそれよりも俺が気になったのは、彼の傍《かたわ》らに佇《たたず》んでいる一人の女性だった。

年齢はたぶん俺と同じくらいだろうか。

艶《つや》やかな黒髪をした綺麗《きれい》系のクールな美女なのだが、何故《なぜ》かどこかで会ったことがあるような気がしたのである。

「我が名はゼストガルド=ヴェイルクア。このベルクアを治める王である。まずは手荒な歓迎をしたことを謝罪しよう。そやつら〝ホムンクルス〟は優秀だが融通《ゆうずう》の利《き》かぬところがあってな。侵入者には一切手心を加えんのだ」

「ホムンクルス……?」

眉根《まゆね》を寄せるアルカに、ゼストガルド王は誇らしげな顔で言った。

「そうだ。我がベルクアの誇る魔導工学技術の粋《すい》を結集して作られた人造生命体――〝ホムンクルス〟。ちなみにそやつらはここにいる我が娘――〝弓〟の聖女ザナをベースとしている」

「「「――っ!?」」」

この子たちが人造生命体!?

しかも自分の娘……いや、〝弓〟の聖女がベースだって!?

一様《いちよう》に言葉を失う俺たちが痛快だったのだろう。

ゼストガルド王は不敵な笑みを浮かべて言った。

「まあ詳《くわ》しい話は夕食時にでもゆっくりとするとしよう。まずは長旅で疲れた身体《からだ》を存分《ぞんぶん》に癒《い》やすがよい。――ザナ、案内してやれ」

「はい、お父さま」

静かに頷《うなず》き、〝弓〟の聖女――ザナがこちらへと近づいてくる。

「ついてきて。客間に案内するわ」

「は、はい、ありがとうございます」

そして頷くマグメルに続き、俺たちはゼストガルド王に一礼した後、玉座の間をあとにしたのだった。

◇

そうして案内された客間はかなり豪華《ごうか》な部屋だったのだが、

「まあそりゃ男女別になるよな……」

というように、俺は一人寂《さび》しい夜を過ごさなければならないようだった。

どうやらゼストガルド王は言わずもがな、ザナも俺のことを聖女のお付きの人というか、恒《こう》例《れい》の荷物持ち的な感じに見ているらしい。

もちろん女性陣からは〝同室にしてほしい〟という要望があったのだが、残念ながら願いは聞き入れられなかったようだ。

まあ仕方あるまい。

ここにはここのルールがあるからな。

何か揉《も》め事に発展しても面倒《めんどう》だし、大人しく従うとしよう。

「ところで、君は〝弓〟の聖女なんだって？」

俺は部屋を去ろうとしていたザナにそう尋《たず》ねる。

「ええ、そうよ。それが何か？」

「いや、あのホムンクルス？　の子たちは凄《すご》い力だったからちょっと気になってさ」

「当然でしょう？　彼女たちは私の聖女としての力――すなわち〝天弓《てんきゅう》〟のスキルと、限りなくオリジナルの聖弓に近い〝疑似《ぎじ》聖弓〟を与えられているのだから」

「そうなのか。えっと、〝魔導工学〟だっけ？　凄いよな。人造生命体を作り出すだけでも凄いのに、創《はじ》まりの女神さましか与えられなかったスキルをそれに与えちまうんだからさ」

と、俺としては素直にこの町の技術を褒《ほ》めたつもりだったのだが、

「――あなたは随分とお喋《しゃべ》りな人なのね」

「へっ？」

ザナにはあまり受けがよくなかったらしい。

「じゃあまた夕食時に呼びに来るから」

さよなら、と無表情のまま部屋を出て行ってしまった。

「ええ……」

当然、若干《じゃっかん》しょんぼりしてしまった俺なのであった。

38章　兵器だろうと普通の子

それから少し経《た》ったあとのことだ。

「やべえ、ここどこだ……」

俺はまさかの迷子になってしまっていた。

ただ夕食前におトイレを済ませておきたかっただけなのだが、それを探して色々と歩き回った結果、自分が今どこにいるのかもわからなくなってしまったのである。

もちろん未《いま》だに目的のトイレも見つかってはいない。

というか、この城、防衛のためか知らないけど入り組みすぎだろ……。

こんなことならザナにおトイレの場所を聞いておくんだった……、と微妙に後悔しつつ、俺は廊下を進んでいく。

明らかにこの階段を降りた記憶はないのだが、まあ誰か兵士にでも会えれば道を聞けるからな。

前向きに行こうと頷《うなず》き、俺はひたすらに歩き続ける。

　すると。

「──やっぱり六号はダメか。体組織《たいそしき》の崩壊《ほうかい》が始まってやがる」

「うん？」

　近くの部屋から男性の声が聞こえ、俺は扉の隙間《すきま》から室内の様子を窺《うかが》う。

　そこでは寝台に寝かされたザナのホムンクルスらしき少女が、何やら処置を受けている最中だった。

「あ……う……」

　──ピー。

「ほら、呼吸も止まっちまった。こりゃ〝廃棄《はいき》〟だな」

　だが容態《ようだい》は思わしくないらしく、男性たちは処置を諦《あきら》めてしまったようだ。

「さーて、一段落したことだし、とりあえず飯《めし》でも食ってくるか」

「そうだな。ついでに死体を取りに来てくれるよう頼んでおかねえと」

「やべっ!?」

　たぶんあまり見てはいけないものだったと思われ、俺は慌《あわ》てて天井に張りつく。

「……ふう」

咄嗟《とっさ》の判断ではあったものの、意外と上手《うま》くいくものである。
男性たちは俺に気づかないまま廊下の奥へと消えていった。
なので俺はまずいかなと思いつつも部屋に入り、少女を見やる。
確かに彼女の顔色は青白く、まったく生気を感じなかった。
人造生命体とは言うが、見た目は本当に普通の少女である。
それに――。
「まだ温かい……」
ほんのり温《ぬく》もりの残る頰《ほお》に触れ、俺は思う。

――この子はここで死なせちゃいけない気がする、と。

だから俺は自分の直感を信じ、彼女に使うことにした。

「――〝完全蘇生《アズライール》〟」

トゥルボーさまから授かった〝死〟を排斥《はいせき》する力を。
「……うう」

「！」

するとするとと淡い光が少女を包み、やがて彼女は薄《うつす》らと瞳《ひとみ》を開けた。

決して疑っていたわけではないのだが、本当に蘇生《そせい》に成功したらしい。

「……あなたは、誰ですか？」

「あ、えっと、俺はイグザ。旅の冒険者だよ」

「冒険者……？　何故《なぜ》冒険者のあなたがここにいるのですか？　それに私は廃棄されかけていたはずなのに……」

自分の身体《からだ》を見下ろし、不思議そうな顔をする少女に俺は言う。

「あー、信じられないかもしれないけど、君の身体は俺が治したんだ。だからもう大丈夫だよ」

「そうでしたか。それはありがとうございました」

ぺこり、と無表情ながらもきちんと頭を下げてくれる少女に、俺はやっぱり普通の子と変わらないなぁと微笑《ほほえ》ましい気持ちになる。

「何故笑っているのですか？　私の顔に何かついていますか？」

「いや、なんかこう言ったら語弊《ごへい》があるかもだけど、普通の女の子みたいだなって」

「普通、というのが何を指すのかはわかりませんが、私たちは〝弓〟の聖女ザナをベースに作られています。生殖《せいしょく》能力はありませんが、それ以外の身体機能は彼女の幼年期とほぼ同等です。ただし彼女よりも成長が早い分、寿命《じゅみょう》も短く設定されています。活動限界はおよそ十年です」

十年……。

「……そっか。でもご飯を食べたりはするんだろ？」

「はい。栄養の調整された合成食を摂取します」

「合成食……？　それ美味《おい》しいの？」

「わかりません。ただ身体の維持《いじ》に必要な栄養素は十分に摂取できます」

絶対美味しくなさそう……。

たぶんこの子たちはまともな食事を摂《と》ったことも、皆で遊んだりしたこともないんだろうな。

アルカは聖女を使った兵器の可能性を示唆《しさ》していたけど、存外的《ぞんがいまと》を射ているのかもしれない。

さっきの人たちも死んだら死んだで構わない的な感じだったし。

「あ、そうだ」

「？」

そこであることを思い出した俺は、ごそごそと腰のポーチを漁《あさ》る。

そうして取り出したのは、糖分たっぷりの菓子棒《かしぼう》だった。

不死となった今の身では必要ないと思うのだが、以前からの癖《くせ》で万が一のことがあった時のためにいつも持ち歩いていたのだ。

「はい、どうぞ」

「これは……？」

驚いたような顔をする少女に、俺は微笑んで言う。

「きっと美味しいから食べてごらん」

「では……」

かぷっ、と少女が菓子棒にかじりつく。

「――っ⁉」

その瞬間、少女の瞳が大きく開いた。

「……とても甘い、です」

「だろ？　またあげるから全部食べていいよ」

「……はい」

はむはむ、と少女が菓子棒に夢中になる。

「？」

そんな彼女が実に愛らしくて思わず頭を撫《な》でてあげたのだが、たぶんこういうことをされたこともなかったのだろう。

彼女は菓子棒をはむはむしながら不思議そうに瞳をぱちくりとさせていた。

小動物みたいで本当に可愛《かわい》らしい子だなぁ……、と癒《い》やされていた俺だったのだが、

「――はうっ⁉」

「？」

その時、突如《とつじょ》下腹部に衝撃が走った。

そう、すっかり忘れていたのだが、今まさに俺の膀胱《ぼうこう》はブレイク寸前だったのだ。

なので俺は唯一《ゆいいつ》の希望である少女に尋《たず》ねる。

「あ、あの、もしよかったらおトイレの場所を教えてもらえないかな……？　できれば早急に……」

「はい、わかりました。こちらにどうぞ」

「あ、ありがと～……」

真っ青な顔で内股《うちまた》になりながらも、俺は彼女に精一杯《せいいっぱい》の笑みを見せながらお礼を言ったのだった。

「どこへ行っていたの？　もう夕食が始まるわよ？」

ホムンクルスの少女と別れ、自室へと戻ってきた俺は、ちょうど呼びに来ていたらしいザナと鉢合《はちあ》わせていた。

「ごめんごめん。ちょっとおトイレに行きたくなってさ」

「そう。とにかく間に合ってよかったわ。ほかの人たちも先に行って待ってるから、私たちも急ぎましょう」

「ああ、わかった」

「それとみだりに武器を持ち歩かないでちょうだい。あなただって間違ってあの子たちに撃たれたくはないでしょう？」

「お、おう、そうだな」

たどたどしく頷《うなず》き、俺はヒノカゲヅチを部屋に置いた後、ザナの案内で王族用の食堂へと案内される。

そこにはすでに女子たちの姿もあり、オフィールにいたっては今にも料理にかぶりつきそうな顔をしていた。

ちなみに俺はお付きの人扱いなので、席順はゼストガルド王からもっとも離れた位置である。

「これでようやく全員揃《そろ》ったようだな。では食事を始めるとしようか」

ゼストガルド王の言葉でオフィール以外の全員が静かに料理を口に運ぶ。

さすがは王さまの夕食といったところだろうか。

縦長《たてなが》の食卓上には肉や魚、果実など、とにかく豪勢《ごうせい》な料理が所狭しと並べられていた。

が、もちろんそこに例のホムンクルスたちの席はなく、彼女たちは俺たちを監視するかのように柱の側《そば》で佇《たたず》んでいた。

なので俺は一応ゼストガルド王に尋《たず》ねる。

「あの、彼女たちは一緒に食べなくてもいいんですか？」

「ふむ、これは面白《おもしろ》いことを言う。確かそなたは聖女たちの付き人であったな」

「え、ええ、イグザといいます」

俺が名乗ると、ゼストガルド王は「うむ」と頷いて言った。

「ではイグザよ、そなたは〝武器に席を与える〟というのか？」

「えっ？」

「あれらは人の形をしているだけの兵器にすぎぬ。言わば〝物〟だ。であれば人と同じ扱いをするにあたわず。違うか？」

「で、でも彼女たちにも意志はあるんですよね？　なら——」

と。

「——はっはっはっはっはっはっ！」

突如《とつじょ》ゼストガルド王が笑い出し、オフィール以外の手が止まる。

困惑《こんわく》する俺たちに、ゼストガルド王はおかしそうに笑って言った。

「だから申したであろう？　あれらは〝兵器〟だと。兵器に意志など存在しない。ゆえに死も恐れず、良心の呵責《かしやく》に苛《さいな》まれることもない。まさに理想の兵士だ。だが断じて〝人〟ではない」

「……」

なら何故《なぜ》あの子はあんなにも美味《おい》しそうな顔をしたのだろうか。

意志が存在しない？

——違う。

存在させないようにしているだけじゃないのか？

「ふむ、何か我《われ》に申したいことがある顔だな？」

「……まあ、そうですね。でもあなたも俺たちに何か言いたいことがあるんじゃないですか？」

「ああ、そうだな。どうせこの場で持ちかけようと思っていた話だ。多少順序は狂ってしまったが致し方あるまい。では単刀直入《たんとうちょくにゅう》に言おう。――我らに協力せよ、聖女たちよ」

「「「「！」」」」

恐らくはそうくるであろうと予想していたと思われ、女子たちも冷静にゼストガルド王の言葉を受け止めているようだった。

「……それは我らにホムンクルスとやらの実験台になれということか？」

「然《しか》り。だがもちろん手荒な真似《まね》はせぬ。そなたらは曲がりなりにも〝聖女〟だからな、民たちも黙ってはおらぬだろう。なあに、少しばかりそなたらの〝血液〟を提供してもらいたいだけだ」

「なるほど。それがホムンクルスのもととなるのですね？」

「そうだ。ホムンクルスは特殊な製法で作り出した素体《そたい》に人の血液を付与《ふよ》することで誕生する。当然、血液は情報の塊《かたまり》のようなものゆえ、スキルを含め、やがてオリジナルと同等の存在へと成長するというわけだ」

ちらり、とゼストガルド王が一瞥《いちべつ》したのは、無表情のまま佇んでいるザナのホムンクルスたちだった。

今はまだ少女の姿をしているが、いずれザナと同じような成長を遂《と》げるのだろう。

もっとも、それまで彼女たちの寿命《じゅみょう》がもてばの話だが……。

「はっ、それでてめえはあたしたちのホムンクルスを一体なんに使うってんだ？　まさか慰《なぐさ》みもんにするつもりじゃねえだろうな？」

「くだらぬことを。無機質な人形を抱いて何が面白い？　むしろ未知の病《やまい》にでもかかるのが関の山だ」

「けっ、そうかい。そりゃ随分《ずいぶん》と真面目《まじめ》なこって」

はぐっ、と面白くなさそうに肉を頰張《ほおば》るオフィール。

きっと肯定した暁《あかつき》にはスケベおやじだなんだと散々《さんざん》言ってやるつもりだったのだろう。

思惑《おもわく》が外れて不満そうではあるが、ただ俺としてはあの子たちがそういう目的で使われていなかったことに心底安堵《しんそこあんど》していた。

というより、もしそうだと頷いていたら、俺はたぶん問答無用でこの王さまをぶん殴っていただろうからな。

本当によかったと思う。

ともあれ、ゼストガルド王は改めてこう口にした。

「我らの目的は我が祖国ベルクアの繁栄《はんえい》にほかならぬ。だがここより南の大国――〝ラストール〟は〝巨人〟の力で我が国に攻め入ろうとしている。ならば我らもそれに勝る力で対抗するしかあるまい」

「巨人の力……？」

初耳だが、それも何か魔導工学というものの賜物《たまもの》なのだろうか。

ふむ……、と一人考え込んだ後、俺は言った。

「つまりあなたはその巨人の力に対抗するため、死を恐れない聖女たちのホムンクルスを争いの道具にしたいわけですね？」

「ああ、そうだ。一人で十人……いや、百人力とも言える聖女たちのホムンクルスと、限りなくオリジナルに近い聖具を組み合わせれば、もはや我がベルクアに恐るるものは何もない。命ある人間とは違い、ホムンクルスならばいくらでも代わりはいるからな。壊れたのならば取り替えればよい」

「なるほど。お話はわかりました。ならそれらを踏まえて俺からも一言――」

そこで言葉を区切った俺は、ありったけの憤《いきどお》りを込めて声を張り上げた。

「――いい加減にしろよ、おっさん！　あの子たちはただの〝物〟なんかじゃない！　それにそんなくだらないことのために俺の大切な女たちを渡してたまるかってんだ！」

「「イグザ……」」「イグザさま……」

「……やれやれ、やはり交渉《こうしょう》は決裂か。ならば力尽《ちからず》くでも協力してもらうぞ」

その瞬間、ホムンクルスの少女たちが一斉《いっせい》に弓を構え始めたのだった。

と、とりあえず落ち着くのよ、あたし。

ちょっと何を言われてるのかまったくわからなくて思考が止まりつつあったけど、ようやく落ち着いてきたわ。

つまり話を要約すると、このオルグレンはやたらと魔物に襲《おそ》われていて、もう一人〝杖《つえ》〟の聖女マグメルが必死に頑張っていたと。

って、また聖女出てきたじゃない!?

一体何人出てくれれば気が済むのよ、聖女!?

なんなの!?

セールでもやってるの!?

あたし、そんな安い女じゃないんですけど!?

……って、そんなことはどうだっていいのよ!?

自分で自分に突っ込みを入れつつ、あたしは冷静さを取り戻す。

問題はそこに馬鹿《ばか》イグ……じゃない。

真イグザと〝槍《やり》〟の聖女アルカディアがやってきて、三人でこれをなんとかしようとしたってことね。

それでこの地方にいるという大地の神さまこと〝ジボガミさま〟のもとへと向かったと。

そしたらジボガミさまは〝穢《けが》れ〟に汚染されていて、それを馬鹿イグ……じゃなくて！

真イグザの持つヒノカミさまの力で浄化することに成功――ジボガミさまは元の姿であるテラさまになり、大地に恵みが戻って大団円《だいだんえん》。

なるほど、確かにそれは英雄の所業《しょぎょう》だわ。

ちゃっかり自分の存在を伏せ、フレイルさまとマグメルだかを主とした聖女の活躍にしているのも評価ポイントね。

まるで本当に馬鹿イグザがやったみたいに……。

確かあいつ、そうやって他人を立てる性格だったし……って、いやいやいやいやいや!?

だから違うって言ってるじゃない!?

大体、そんなの認めちゃったらあたしはこれからどうすればいいわけ!?

聖女より強くなってんのよ!?

てか、神の御使《みつか》いにまでなっちゃってんのよ!?

そ、そんなのあたしより……って、あああああああああああああああああああああああああっっ!?

――ぽよぽよぽよぽよぽよぽよぽよっ。

「あ、あの、聖女さま？」

「な、なんでしょうか？」

「一応城主さまの御前《ごぜん》ですし、健康チェックはのちほどにされた方が……」

「えっ？」

そこで気づく。

――ぽよぽよぽよぽよぽよぽよっ。

無意識のうちに豚《ぶた》のお腹《なか》をぽよぽよしていたということを。

な、何やってんのよあたしーっ!?

「お、おほほほほっ！　そ、そうでしたね！　こ、これは失礼いたしました！」

「い、いえ……」

しゅばっと豚のお腹から手を引き、あたしはぎこちないながらも聖女スマイルを浮かべる。

な、なんという失態《しったい》!?

あたしの聖女イメージが崩《くず》れかねない大失態だわ!?

もしこんなことが何度も続いたら、あたしの築いてきた可憐《かれん》かつ聡明《そうめい》な慈愛《じあい》の聖女像が台無しになっちゃうじゃない!?

何か早急に手を打たなければ……っ。

「と、ところでその後イグザさまはどちらへ？」

「はい。テラさまのご助言で東の砂漠地帯へと向かわれました。我らが聖女マグメルも一緒です。なんでもイグザさまのご武勇に大層惚《ほ》れ込んでしまったのだとか」

「へ、へえ、そうなのですね……」

いや、どんだけ誑《たら》し込んでんのよあのむっつり馬鹿イグザ!?

内心、豚のお腹に正拳《せいけん》突きを叩《たた》き込みたい衝動に駆られていたあたしは、もう完全に全《すべ》てが馬鹿イグザの所業にしか思えなくなっていたのだった。

――どひゅっ！

「おっと」

オフィールが聖斧《せいふ》を喚《よ》び出そうとした瞬間、彼女の手元に光の矢が飛んでくる。

レオリニアでアルカが見せたように、〝聖具〟と呼ばれる彼女らの武器はどんなに離れた場所にあっても自在に喚び出すことができるのだ。

「迂闊《うかつ》な真似《まね》はやめた方が賢明《けんめい》だぞ、聖女たちよ。先ほども申したがこやつらに良心の呵責《かしやく》は一切ない。ゆえに我《われ》が命ずれば容赦《ようしや》なくその四肢《しし》を貫《つらぬ》く」

優雅《ゆうが》にワインを飲みながら、ゼストガルド王がそう忠告してくる。

が、それで怯《ひる》むような彼女らではない。

「それは随分《ずいぶん》とありがたいご忠告だが……しかし我らも舐《な》められたものだな。よもやこの程度で臆《おく》すると思われていたとは」

「同感です。仮にも私《わたくし》たちは〝聖女〟と呼ばれる者たち。この程度の逆境、いくらでもはね除《の》けてみせますわ」

「まあそういうこった。わかったら怪我《けが》しねえうちにさっさとそいつらを引っ込ませた方が身のためだぜ？　なあ、王さまよぉ」

というように、三人とも抗《あらが》う気満々であった。

なんとも頼もしい限りである。

俺が彼女たちの言葉に勇気をもらっていると、ゼストガルド王同様、未《いま》だ着席中だったザナが戒《いまし》めるように言った。

「馬鹿《ばか》な真似はやめなさい。今この場には私を含め、計六人の聖女がいるのと同じなのよ？　それら全《すべ》てを相手にしてただで済むとでも思っているの？」

「ああ、思っているとも。そうでなければ、我らの男が王に喧嘩《けんか》を売るはずがあるまいよ」

アルカたちから期待の眼差《まなざ》しを向けられ、俺は大きく頷《うなず》く。

すると、ゼストガルド王がククッと含み笑いを浮かべて言った。

「なるほど。やはり鍵《かぎ》を握るのはそなただったか。こんなこともあろうかとあらかじめ策を講じておいて正解だったぞ」

「……策？」

俺が眉根《まゆね》を寄せる中、ゼストガルド王は一本の小瓶《こびん》を取り出して言った。

「そなたのグラスに少々細工《さいく》をさせてもらった。何、案ずることはない。我らのみが調合できる解毒薬《げどくやく》さえ飲めば死ぬことはないからな」

「なるほど。それで俺を人質にするつもりか」

「然《しか》り。これでわかったはずだ。そなたらはもう我に従うしかないということがな」

「「「……」」」

ゼストガルド王に視線を向けられ、女子たちがキッと彼を睨《にら》みつける。

しかしこの王さまは本当にどうしようもないおっさんだな……。

はあ……、と嘆息《たんそく》しつつ、俺は左腕の袖《そで》を捲《まく》り、食卓に置かれていたナイフを手に取って言った。

「よく見ていろ」

――ざしゅっ。

「「――っ!?」」

そうして剝《む》き出しになった左腕を見せつけるように斬《き》りつけた俺を、ゼストガルド王とザナが驚いたような顔で見据《みす》える。

だが本当に驚くのはこれからだった。

ぼうっ、と傷口が一瞬炎に包まれたかと思うと、何ごともなかったかのように元の状態へと戻ったのである。

「ど、どういうこと？　あなた、今何をしたの？」

「別に何もしちゃいないよ。ただ俺が〝死なない〟だけだ」

「──なっ!?」

再び二人の顔が驚愕《きょうがく》に染まる。

当然だろう。

〝不死身〟なんていうあり得ない存在が自分たちの目の前にいたのだから。

俺はナイフを食卓の上に戻しながら言った。

「だから俺に毒は通じない。というより、受けたそばからすぐさま治癒《ちゆ》されるからな」

「くっ……」

ばきんっ、とゼストガルド王が口惜《くちお》しげに小瓶を握り潰《つぶ》す。

え、それかかっても大丈夫なの……？　という感じだが、まあ解毒薬があるらしいので大丈夫なのだろう。

「……まあよい。確かに毒は通じぬようだが、我らに形勢が有利なのは変わらぬ。むしろそなたが不死なのであれば一切遠慮せずともよいということ。容赦なく命を下せるというものだ」

さすがは歴戦の王さまである。

一瞬驚きはしたものの、すでに顔には余裕が戻っているようだった。

……はてさて、どうしたものか。

正直、蹴散《けち》らすだけならば問題はない。

ただなるべくならあの子たちを傷つけないようにしたい。

彼女たちだって別にやりたくてこんなことをしているわけではないのだから。

と、その時だ。

――ぎいっ。

『！』

ふいに正面の扉が開き、一人の少女が疑似聖弓《ぎじせいきゅう》とヒノカグヅチを手に近づいてきた。

そう、ザナのホムンクルスである。

でもあの子は……。

「ふはははははっ！　どうやら軍配は我らに上がったようだな！　まさか廃棄《はいき》予定だったはずのホムンクルスが現れようとは！　……むっ？」

「！」

だがそこでゼストガルド王も違和感に気づいたらしい。

何故《なぜ》なら少女がそのまま俺にヒノカグヅチを渡したかと思うと、自分の方へと弓を向け始めたからだ。

「……何をしている？　血迷ったか、六号……っ」

当然、ゼストガルド王は少女を睨みつけて問う。

「いえ、これが正しい選択だと判断しました。私はこの人たちを生かしたいと思います」

「あなた……。それはあなたの意志なの……？」

驚くザナの問いに、少女は頷いて言った。

「はい。私がそう判断しました」

「……そう」

なんとも言えない表情で頷いた後、ザナは席を立ち、ゼストガルド王に向けて言った。

「ここは私にお任せください」

「……できるのか？」

「はい」

「いいだろう。ならばお前に全て任せる。だがわかっているな？」

こくり、と無言で頷いた後、ザナはこちらを振り向いて言った。

「あなたたちも別に相討《あいう》ちを望んでいるわけではないでしょう？」

「ああ。できることなら誰も傷つけずに解決したい」

「そう。ならば私とあなたの二人きりで決着をつけましょう。ただしここはあまり壊したくないから、そこの窓から外に出るのが条件だけれど。どうかしら？」

「わかった。皆もそれでいいな？」

「ああ」「はい」「おう」

俺の問いかけに、三人は揃《そろ》って頷いてくれた。

だから俺は少女にも告げる。

「そういうわけだから、君も皆と一緒にここで待っていてくれ」

「わかりました」

「それと、味方してくれてありがとな」

俺がそう言って微笑《ほほえ》みながら頭を撫《な》でてあげると、彼女は「いえ」と無表情ながらも頬《ほお》を若干《じゃっかん》赤く染めていた。

「うん？」

「……そう。やっぱりあなたなのね……」

「いいえ、なんでもないわ。じゃあ行きましょうか」

「ああ、わかった」

頷き、俺はザナに続いて窓から外に出ようとする。

だがそこでふと食堂の壁に飾られていた女性の絵画が目に入った。

嫋《たお》やかに微笑む黒髪の綺麗《きれい》な女性だ。

なんとなくだが、ザナに似ているような気がした。

41章　なら俺がなんとかしてやる！

そうして月明かりのもと、互いに外へと飛び出した俺たちは城壁を蹴《け》り、歩廊《ほろう》を駆け抜けながら幾度《いくど》もぶつかり合いを続けていた。

「はあっ！」

――がきんっ！

「ぐっ⁉」

しかしさすがは〝弓〟の聖女といったところだろうか。

命中精度はほぼ必中――たとえどんな体勢からでも一度弓を引けば必ず矢が飛んでくる上、放った矢が聖具の召喚《しょうかん》同様自動で矢筒《やづつ》に戻るため、連射速度が常人《じょうじん》のそれを遙《はる》かに超えていた。

双剣《そうけん》ですら捌《さば》けず、肩に一撃をもらったくらいだ。

――ごうっ！

だが俺は不死身――光の矢が消えるのと同時に傷もまた再生される。

しかもフェニックスローブまで同時に修復されるからありがたい限りだ。

〝御使《みつか》い専用装備〟というくらいだし、恐らくは何かしら俺のの力というか、イグニフェルさまの力に感応《かんのう》する素材でできているのだろう。

そしてたぶん古《いにしえ》の御使いとやらも再生力の高いスキル持ちだったに違いない。


「――〝重閃多連撃《ファランクスブロー》〟ッッ!!」

――どがががががががががががががががっ！


「うおっ!?」

俺はヒノカグヅチを大剣に変えて矢の豪雨を防ぐ。

一撃一撃がかなり重い強力な攻撃だ。

通常の盾《たて》程度であれば耐久度が足りずに砕《くだ》け散っていたことだろう。

だがそこは俺の力を具現化《ぐげんか》した永久不滅の炎刃《えんじん》である。

たとえ一部が砕けたとしてもすぐさま元の形へと戻り続けていた。

激戦の最中、俺はザナに問う。

「何故《なぜ》君ほどの力を持つ聖女がゼストガルド王に従っている!?　彼が非道な行いをしていることは君も知っているんだろ!?」

「ええ、知っているわ！　でも私は〝聖女〟である前に〝王女〟なの！　父を裏切れるはずないでしょう⁉」

——どひゅうっ！

そう声を張り上げ、ザナはさらに攻撃を仕掛けてくる。

「人のグラスに平気で毒を盛るような男だぞ⁉」

「それでも私のたった一人の肉親よ！」

ずがんっ！　と城壁の一部が弾《はじ》け飛び、俺は降り注ぐ瓦礫《がれき》を紙一重《かみひとえ》で躱《かわ》しながらヒノカグヅチを片刃《かたは》剣へと変え、彼女に肉薄する。

「だからって君はそれでいいのか⁉　たった一人の肉親なんだろ⁉」

——がきんっ！

「くっ⁉」

俺の放った斬撃《ざんげき》を聖弓《せいきゅう》のリムで受け止めていたザナだったが、彼女も次第《しだい》に余裕がなくなってきたのだろう。

焦《あせ》りが苛立《いらだ》ちを掻《か》き立て、ついに感情が爆発する。

「そんなの……いいわけないいじゃない⁉」

「——っ⁉」

そして互いに鍔迫《つばぜ》り合う中、ザナは感情の赴《おもむ》くままに声を荒らげてきた。

「優しかったのよ！　お父さまはずっと！　でもお母さまがラストールの連中に殺されてから人が変わってしまった！　頭だって撫《な》でてくれなくなった！　けれど私の中にはいつも昔のお父さまがいるの！　そんなの割り切れるはずないじゃない!?　だから私はあの人に協力しているの！　いつか元の優しいお父さまに戻ってくれるって、そう信じているから！」

「ザナ、君は……」

恐らく彼女の母親というのは、食堂に飾られていたあの優しそうな女性のことだろう。

きっといい家族だったんだと思う。

涙ながらに感情をぶつけてくるザナに、俺はぎゅっと唇《くちびる》を噛《か》み締め、鍔迫り合う力を弱める。

すると、ザナは感情任せに矢筒から取り出した矢を逆手《さかて》に振りかぶってきた。

「だから私はあああああああああああああっ！」

ざしゅっ！　と鋭利《えいり》な矢が俺の胸元を斜《なな》め上から貫《つらぬ》き、背中まで突き抜ける。

「――っ!?」

だが俺は一切抵抗せず、微《かす》かに震えていた彼女の手に自分の手を重ねて言った。

「なら俺がなんとかしてやる。そんなに泣くほど嫌だったんだろ？　大好きなお父さんが変わっていくのがさ」

「……もう無理よ。お父さまも私も堕《お》ちるところまで堕ちてしまった……。今さら何をしたってもうどうにもならないわ……」

　もうどうにもならない、か……。

「だったら君はどうして俺と一騎討《いっきう》ちをしようなんて言い出したんだ？」

「えっ……？」

　呆然《ぼうぜん》と顔を上げたザナに、俺は微笑《ほほえ》みかけながら言った。

「君は心のどこかで期待していたんじゃないのか？　食堂に現れたあの子の姿を見て、もしかしたら俺ならなんとかしてくれるかもしれないって」

「それは……」

「だからわざわざ俺だけを呼び出したんだろ？　自分の思いを真剣に受け止めてくれるかもしれなかったから」

「そう、なのかしらね……。いえ、そうかもしれないわ……。ふふ、勝手な女よね……。こんな酷《ひど》いことまでして……」

　自嘲《じちょう》の笑みを浮かべながら、ザナの指先がそっと俺の胸元に触れてくる。

　正直、死ぬほど痛いのだが、男の子には歯を食い縛《しば》ってでも耐えねばならない時があるのである。

「別に気にしなくていいさ。何せ、俺は〝不死身の男〟だからな」

　ほら、と何ごともなかったかのように矢を抜いてみせる。

「このとおりなんともない。それより今までよく頑張ったな。君は本当に強い女性だ」

「――っ!?」

そう言って優しく抱き締めてあげると、ザナは一瞬固まった後、「やめてよ……。そんな風に優しくされたら、私……私……っ」と何かが溢《あふ》れるように泣き出してしまったのだった。

◇

そうして食堂へと戻ってきた俺たちに、当然ゼストガルド王は憤《いきどお》りを露《あらわ》に声を荒らげてきた。

「どういうことだ、ザナ!? 我《われ》は申したはずだぞ!? 〝負けることは許さない〟と!?」

「……申し訳ございません、お父さま」

目を腫《は》らしたザナが静かに頭を下げる。

「この馬鹿《ばか》娘がッ！」

「……っ」

激情に任せて右腕を振り上げるゼストガルド王だが、

「くっ、放せ無礼者!?」

俺は途中で彼の腕を掴《つか》み、そして言った。

「あんたはどれだけザナを悲しませれば気が済むんだ？」

「なんだと⁉」

「話は全部彼女から聞いたよ。あんたの奥さんがラストールの連中に殺されたってこともな」

「ならばそなたにも我が憎《にく》しみがわかるだろう⁉　最愛の者を無残《むざん》にも奪われたこの絶望が⁉」

「そうだな。よくわかるよ。でもそのせいであんたはもう一人の最愛の人を今まで悲しませ続けてきたんだぞ？」

「そ、それは……」

たぶん自分でもわかっていたのだろう。

ばつの悪そうな顔をするゼストガルド王の腕から手を放し、俺は言った。

「もうそんな悲しい家族の有り様《さま》を見るのはたくさんだ。だから俺があんたらを救ってやる。理不尽《りふじん》に奪われた〝光〟を俺が取り戻してやる。〝彼女〟さえいればあんたらはやり直せるはずだ。いや、絶対にやり直せる。だから――戻ってこい！」

――〝完全蘇生《アズライール》〟！　と俺がそう口にした瞬間、淡い光が集まって人の形を作り始める。

「ま、まさか……」

「嘘《うそ》、でしょ……」

目を見開き、驚く二人の前に姿を現したのは、近くにあった絵画と同じ柔和《にゅうわ》な面持《おもも》ちの女性。

そう、亡くなったはずの王妃《おうひ》さまであった。

42章 〝希望〟の名を持つ少女

「……本当に申し訳ございませんでした」

そう恭《うやうや》しく頭を下げてくるのは、ザナの母親にして王妃《おうひ》のリフィアさまだった。

ホムンクルスの少女の時とは違い、すでに肉体がほぼ消滅した状態からの蘇生《そせい》だったわけだが、どうやら本当に成功したらしい。

さすがは神の力――常識外れもいいところである。

だがこんな感じで亡くなった人を片っ端から蘇生なんてしていたら、元来は厳《おごそ》かであるべき〝死〟というもの自体が軽んじられてしまいかねない。

だから今回は本当に特別だ。

今まで彼らがしてきたことを考えたらハッピーエンドというわけにはいかないだろうけど、それでも大切な人が側《そば》にいれば一緒に償《つぐな》っていくことができるからな。

元々優しい人だったっていうし、今後はいい王さまとして頑張ってもらいたいものである。

「いえ、気にしないでください」

至極《しごく》申し訳なさそうな様子のリフィアさまに、俺は首を横に振って微笑《ほほえ》む。

あれから事情を聞いたリフィアさまは、そのお優しげなお顔とは裏腹《うらはら》に、それはもうめっぽう怒った。

あのゼストガルド王がたじたじになるくらい、とにかく彼をお叱《しか》りになったのである。

それで彼も目の前にいるのが本物の王妃さまだとわかったのだろう。

途中で堪《こら》えきれなくなったらしく、親子三人揃《そろ》って泣いていた。

そうして落ち着きを取り戻し、今に至《いた》るというわけだ。

「す、すまない、我《われ》は……」

「え、えっと、王さまも気にしないでください。もう散々《さんざん》怒られたと思いますんで……」

「う、うむ。だが一言だけ言わせてほしい。――本当にありがとう。全《すべ》てそなたのおかげだ」

ゼストガルド王が深く頭を下げてくる。

「いえ、お礼ならザナに言ってあげてください。俺はただ彼女の思いに応《こた》えてあげたかっただけなので」

「ああ、わかっている。だがそれでも伝えねばならぬと思ったのだ。本当にありがとう」

すっかり毒気が抜けてしまったのか、ゼストガルド王の顔からは先ほどまでの剣呑《けんのん》さがなくなっていた。

やはり少々強引な手段ではあったが、憎《にく》しみの原因となっていた王妃さまの死を排斥《はいせき》したのがよかったのだろう。

「とりあえず一件落着だな。しかしお前の《完全蘇生《アズライール》》はとんでもない力だな。まさか何もないところから死者を蘇《よみがえ》らせるとは」

「まあ一応埋葬されていたリフィアさまのご遺体を元に再生させたから、何もないところからってわけじゃないんだけどな。でも確かにこれを使うのは本当に必要な時のみにしようと思う。自分でやってみて実感してるけど、基本的には使っちゃいけない力なんじゃないかな……」

「そうですね。私《わたくし》もイグザさまのお考えに同感です。元来〝命〟というものは皆平等でなければなりませんから」

「そうかぁ？　むしろばんばん生き返らせて金もらおうぜ！　すんげえ儲《もう》かるぞ～！」

にしし、と指で〝O〟の形を作るオフィールに、マグメルがどん引きの半眼《はんがん》を向ける。

「オフィールさま、あなた……」

「じょ、冗談だって。そんな目で見んなよ……」

口を〝3〟にしてしょんぼりするオフィールを、俺たちが微笑ましそうに眺《なが》めていると、ふいにザナが近づいてきて言った。

「改めてお礼を言わせてちょうだい。あんな風に楽しそうな二人をまた見られるなんて思いもしなかったわ。本当にありがとう、イグザ」

「はは、気にしなくていいさ。それよりあとで一つだけ頼みたいことがあるんだけどいいかな？」

『？』

ちらり、と俺はホムンクルスの少女たちを見やりながら言う。

「ええ、もちろんよ。私たちにできることであればなんでも協力するわ」

そう微笑むザナだったが、そこにオフィールがにやにやとからかうように言った。

「へえ、〝なんでも〟ねぇ。じゃあいっちょそこのテーブルの上で謝罪の裸踊《はだかおど》りでも――」

「オフィールさま……」

「だ、だから冗談だっつってんだろ⁉　いちいち引いたような顔で見んじゃねえよ⁉」

おどおどするオフィールたちの様子を、俺たちはおかしそうに眺めていたのだった。

◇

翌日からは色々と大忙しだった。

何せ、死んだと思われていた王妃さまが突如《とつじょ》姿を現したのだ。

そりゃ国中大騒ぎである。

なのでそこは俺がアフラールの時同様、ヒノカミフォームで神の遣《つか》いとしてド派手《はで》に降臨《こうりん》し、他国との争いを未然に防ぐための云々《うんぬん》とまあそれっぽい理由をでっち上げて大芝居《おおしばい》を打った。

おかげで王は改心し、これからは豊かな国づくりのために尽力していくのだと。

人々もいつ争いが起こるか気が気でなかったみたいだからな。

これでやっと心穏《おだ》やかに暮らせると国中が連日お祭り騒ぎだった。

もちろんホムンクルスの研究も全て破棄《はき》され、今後は医療分野に力を入れていくらしい。

「——よし、これでもう大丈夫だよ」

「ありがとうございます」

ともあれ、俺はザナにあるお願いをした。

それはホムンクルスの少女たちを〝苦しませずに仮死状態にしたい〟というものだった。

何故《なぜ》ならたとえ仮死状態であったとしても、死にゆく定めにあるのなら《完全蘇生《アズライール》》が使えるからだ。

以前、俺は〝六号〟と呼ばれていたあの子から、彼女たちが〝短命〟であることを聞いた。

一刻も早く兵器として使えるよう、成長速度を著《いちじる》しく向上させられているのだと。

せっかくこれから楽しいことがたくさん待っているはずなのに、たった〝十年〟しか生きられないなんて、そんなのあんまりではないか。

だから俺はそのクソみたいな運命をねじ曲げてやることにした。

そのために考え出したのが《完全蘇生《アズライール》》による彼女たちの〝人化〟である。

俺の《完全蘇生《アズライール》》は命あるものを〝完全な形〟で蘇生させるからな。

その力を用いれば、人を模《も》して造《つく》られた、言わば〝不完全な人〟である彼女たちホムンクルスを〝完全な人〟として再生させることができるのではないか――そう考えたのである。

事実、最初に蘇生させたあの子のステータスには、種族の欄《らん》にきちんと〝人間〟と表記されていた。

ならばきっと大丈夫だろうと思い、俺は残りの五人に対してもそれを行ったというわけだ。

リフィアさまも「ザナを元に生まれたのであれば、彼女たちは等しく私の娘です」と仰《おっしゃ》ってくれていたし、これからは人として幸せな人生を歩んでほしいと思う。

その第一歩というわけではないのだけれど、俺たちを助けてくれたあの子はさっそくリフィアさまに名前をつけてもらったらしい。

「私は奥方さま……いえ、お母さまより〝アイリス〟の名をいただきました。古い言葉で〝希望〟を意味するそうです」

「そっか。君にぴったりの素敵《すてき》な名前だね、アイリス」

「はい、とても嬉《うれ》しいです」

こくり、と小さく頷《うなず》くアイリスの顔には、薄《うっす》らと微笑みが浮かんでいるようにも見えた。

きっとほかの少女たちにも彼女と同じくらい素敵な名前がつけられるのだろう。

そう確信し、温かい気持ちになりながら、俺は気持ちよさそうにしているアイリスの頭を、しばらくの間優しく撫《な》で続けていたのだった。

《聖女パーティー》エルマ視点14：ならあたしは神になるわ！

「ひぃ、ひぃ、ぶひぃ……」

「はあ、はあ……。やっと到着したようですね……」

共に肩で息をしながら、あたしたちは目的の場所である〝世界樹〟へと到着する。

この世界樹は馬鹿《ばか》イグザのやつがジボガミさまを浄化したことで誕生した大樹で、地の女神──テラさまの依《よ》り代《しろ》だという。

確かに神が住まうに相応《ふさわ》しい生命力溢《あふ》れる大樹だ。

って、そんなことより遠すぎなのよ、世界樹!?

馬鹿イグザはヒノカミさまパワーで空を飛べるらしいから余裕なんでしょうけど、こっちは山をいくつも越えて行かなきゃいけないのよ、山を!?

それもこの豚《ぶた》を連れてとかどんな拷問《ごうもん》なわけ!?

もう途中から豚の背中をずっと押してた記憶しかないわよ!?

っていうか、むしろあんたの方があたしの背中を押しなさいよね!?

聖女のあたしを楽させるのがあんたの役目でしょうが!?

「はあ、はあ……ぜひゅー……」

いや、まあ虫の息のあんたに言ってもどうしようもないんだけど!?


「――あなたは聖女ですね？」


「！」

ともあれ、あたしたちの前に一人の女性が姿を現す。

話に聞いていたとおり、柔和《にゅうわ》な面持《おもも》ちの美しい女性だ。

まああたしの美しさにはぎりぎり及ばないのだが、恐らくは彼女が件《くだん》のテラさまであろう。

豚は依然《いぜん》として死にかけているので、あたしは一人で彼女の前へと赴《おもむ》き、跪《ひざまず》く。

「はい、仰《おつしや》るとおりです。私の名はエルマ。《剣聖》のスキルを賜《たまわ》りました〝剣〟の聖女です。以後お見知りおきくださいませ」

「そうでしたか。遠路はるばるようこそお越しくださいましたね、聖女エルマ。私はテラ。〝地〟と〝生命〟を司《つかさど》る神です」

「はい、存じ上げております」

ところで何故《なぜ》あたしがわざわざ死にそうな思いをしてまでこんな僻地《へきち》を訪れたのかというと、

それはもちろん〝神の力〟を得るためである。

そう、あたしは考えたのだ。

馬鹿イグザがヒノカミさまの御使《みつか》いになったというのであれば、その馬鹿イグザを超えるためにはもうあたし自身が神になるしかないと。

だってそうでしょ？

あいつは〝神の遣《つか》い〟になったのよ？

ならあたしが〝神〟になればあいつに命令し放題じゃない。

まあ今でもすでに女神のような存在と言っても過言ではないのだけれど。

と、それはさておき。

「この度、私どもはテラさまに少々お願いしたいことがございまして、失礼ながらこちらを訪れさせていただきました」

「まあそうだったのですね。それで私にお願いしたいことというのは一体なんでしょうか？」

「はい。実は聖女として皆さまのお役に立とうと日々努めているつもりではあるのですが、やはり私も人間――どうしてもできることには限りがあり、私にはそれがいつも歯痒《はがゆ》くてたまらないのです」

くっ……、と悔《くや》し顔も忘れない演技派のあたしである。

「そこでテラさまにお願いがございます。さらに多くの人々のお役に立つため、私にテラさまのお力を与えてはいただけないでしょうか？」

できればがっつりとね！

「なるほど。確かにあなたからは紛《まが》う方なき聖女の気配を感じますし、そういうことでしたらお断りする理由は何もございません。人々の安寧《あんねい》のため、私の力の一端《いったん》をあなたに授けましょう」

え、マジで？

自分で言っといてなんだけど、神の力ってそんな簡単にくれちゃうもんなの？

でもやったぁ！

これであたしは名実ともに女神さまよ！　とあたしは内心、天にも昇る心地になる。

が。

「ああ、そうそう。もし旅先でほかの聖女たちを連れた〝イグザ〟と名乗る者に出会った際は、テラが気にかけていたとお伝えください。同じ力を持つ者同士、いずれ引かれ合うこともございましょう」

……はっ？

同じ力を持つ者同士……？

って、馬鹿イグザも神の力もらってるじゃなーい!?

がーんっ、とあたしの女神化計画はのっけから頓挫《とんざ》しかけていたのだった。

43章　未来のお嫁さん

　そうして迎えた旅立ちの前夜。

　この国でもいろんなことがあったなと、俺が一人ベッドに入りながら物思いに耽《ふけ》っていた時のことだ。

　こんこんっ、とふいに乾いた音が室内に響き、『――私よ。少しいいかしら？』とドア越しにザナの声が聞こえてくる。

「ああ、ちょっと待っていてくれ」

　なので俺はベッドから出て鍵《かぎ》を開けに行き、彼女を室内へと招き入れる。

「どうしたんだ？　眠れないのか？」

「ええ、それもあるのだけれど、あなたに改めてお礼を伝えたくて」

「はは、そっか。もう十分言ってもらった気がするんだけど、君は律儀《りちぎ》なんだな」

　俺がそう笑いかけると、ザナもふふっと微笑《ほほえ》んで頷《うなず》いた。

「ええ、そうよ。だからあなたにお礼の品も用意してきたわ」

「お礼の品って……。そんな別にいいのに……」

恐縮《きようしゆく》する俺に、ザナは首を横に振って言った。

「いいえ、是非《ぜひ》受け取ってちょうだい。私が今用意できる最大限の感謝の気持ちだから」

「……わかった。君がそこまで言うなら断る方が逆に失礼だからな。遠慮なく受け取らせてもらうよ」

「ありがとう、イグザ。それとね、あなたに一つお願いがあるの」

「お願い？」

一体なんだろう？　と俺が小首を傾《かし》げていると、ザナはぎゅっと左手を胸元で握って言った。

「ええ。私もあなたたちの旅に同行させてほしいの」

「同行って……。そりゃ俺たちは大歓迎だけど……でもいいのか？　せっかく王妃《おうひ》さまとも会えたっていうのに……。王さまだって君の好きだった頃に戻りつつあるんだろ？」

「そうね。確かに家族との時間をもっと大事にしていきたいとも思うわ。でもそれは私ではなく〝妹たち〟に与えてあげたいの」

妹たち――つまりはアイリスたちのことだ。

「あの子たちは私と違って〝愛情〟というものを知らずに育ったわ。そしてそれを見過ごしてきた私にも当然責任がある。だからせめてもの罪滅ぼしとして、〝家族〟の愛情を彼女たちに与えてあげたいの。お母さまならきっとあの子たちを心から愛してくれると思うから」

「そっか。君は優しいな」

「いいえ、優しくなんかないわ。ただの自分勝手な女よ」

そう首を横に振るザナに、俺は口元を和《やわ》らげて言った。

「だとしても、君はそれを省《かえり》みてアイリスたちに家族の時間を譲《ゆず》ろうとしているんだろ？　立派《りっぱ》なことじゃないか。世の中にはそれができない人たちが結構いるんだぜ？」

「そう、なのかしらね……」

ふっとザナが自嘲《じちょう》の笑みを浮かべる中、俺は大きく頷いて言った。

「ああ、俺はそう思うよ。君は立派で、そしてとても優しい女性だ」

「……そう。ありがとう、イグザ」

少々恥《は》ずかしそうに視線を逸《そ》らすザナに、俺は再度「おう」と頷く。

「とにかく話はわかったよ。そういうことなら俺たちは歓迎するから、これからよろしくな、ザナ」

「ええ。こちらこそよろしくお願いするわ、イグザ」

互いに握手を交わし、微笑み合う。

頼もしい仲間もできたことだし、あとは明日のためにゆっくり身体《からだ》を休ませようかと考えていた俺だったのだが、「……じゃあ」とザナが顔を紅潮《こうちょう》させたまま言った。

「お礼の品を用意をするから、少しだけ目を瞑《つむ》っていてもらえないかしら？」

「え、あ、うん……」

言われたとおり、俺は両目を瞑る。

そういえばお礼の品があることをすっかり忘れていた。

わざわざ見せないようにするくらいだし、何かよほど俺が驚くような代物《しろもの》なのだろうか。

たとえばもの凄《すご》くレアな武器とか、もしくは高価な魔石や宝石の類《たぐい》とか。

うーん、一体何をくれるんだろう……、と俺が想像を膨《ふく》らませていると、何やらしゅるしゅると衣擦《きぬず》れの音が聞こえた。

もしかして包みを解いているのかな？

でも部屋に入ってきた時には何も持っていなかったような気がするんだけど……。

「今から少し頬《ほお》に触れるけれど、絶対に目を開けちゃダメよ？」

「ああ、わかったよ」

そう頷いた直後、ザナのしなやかな両手が俺の頬にそっと触れてくる。

ひんやりとした感触が妙に心地よく思えていた――その時だ。


「……ん、ちゅっ……」

「!?!?!?」

突如《とつじょ》ザナの官能《かんのう》的な声とともに、俺の唇《くちびる》を何かとても柔らかく湿ったものが包み込む。

身に覚えがありすぎるその感触に堪《たま》らず俺が両目を開けると、

「んっ……ちゅっ……」

「――っ!?」

そこには俺の想像通りザナの美麗《びれい》な顔があった。

そう、俺は彼女にキスされていたのである。

「〜っ!?」

当然、どういうことかと困惑《こんわく》する俺に、ザナはゆっくりと唇を離して言った。

「もう、目を開けちゃダメって言ったのに……」

「い、いや、そう言われても……って、うおおっ!?　何故《なぜ》下着に!?」

そして俺は気づく。

ザナが先ほどまで着ていた衣服を全《すべ》て脱ぎ去り、セクシーなランジェリー姿になっていたということを。

「そんなの決まっているでしょう?　私自身がそのお礼の品だからよ」

「き、君自身がお礼の品って……」

「別に自惚《うぬぼ》れているわけではないのだけれど、私、自分の容姿には割と自信があるの。スタイルだってそうよ。ほら、触ってみて。……んっ」

「ちょっ!?」

むにゅり、とザナが俺の右手を自身の左胸――その下着の中へと滑り込ませる。

「……どうかしら？　結構いい形をしているでしょう？」

「う、うん……」

確かにザナのおっぱいは大きさこそアルカたちに及ばないものの、吸いつくように手に馴染《なじ》むとても素晴らしい形をしていた。

許されることならずっとこのまま堪能《たんのう》していたいくらいの触り心地だったのである。

その上、手のひらの中央には先ほどから固い突起物《とっきぶつ》が当たり続けており、なおのこと俺の意識をがっつりと惹《ひ》きつけていた。

おかげで思考が完全に停止していた俺に、ザナは上気《じょうき》した顔で言う。

「私、まだそういう経験はないのだけれど、尽くすタイプだし、絶対あなたを満足させてあげられると思うわ」

「い、いやいやいやいやいや!?　満足させるとかそういうことじゃなくて!?」

慌《あわ》てて下着の中から手を抜き、俺はザナの両肩をがっしりと掴《つか》んで説得するように言う。

「き、君は今自分が何をしようとしているのか本当にわかっているのか!?」

愕然《がくぜん》と眉《まゆ》を顰《ひそ》める俺に、しかしザナは「ええ、もちろんよ」と頷いて言った。

「あなたとセックスしようとしているわ」

「し、〝しているわ〟じゃなくて!?　そ、そういうことは本当に好きな人とした方が絶対いいって!?　け、経験がないならなおさらだろ!?」

「ええ、そうね。確かにあなたの言うとおりだと思うわ」

「なら――」


「だからここに来たのよ。だって私――あなたのことが好きだもの」


「……えっ？」

突然の告白に、思わず目が点になる俺。

そんな俺の隙《すき》を突くかのように、ザナが胸元に飛び込んでくる。

ふわりと香水のいい匂《にお》いが鼻腔《びこう》をくすぐる中、彼女はぎゅっと俺に抱きついて言った。

「……忘れられないの。あなたが私を抱き締めてくれた時に感じた温《ぬく》もりが、あなたの優しい香りがずっと忘れられずにいるの……」

「ざ、ザナ……？」

「ねえ、私じゃ嫌……？　私のことは嫌い……？」

「べ、別に嫌いってわけじゃ……」

「じゃあ、好き……？」

「え、えっと、まあ……うん」

「嬉《うれ》しい……。私もあなたが好きよ……。大好き……」

「～～っ!?」

すりすりと甘えるような仕草《しぐさ》を見せるザナに、当然俺も色々と堪らなくなり、思わずひしっと抱き返してしまう。

すると彼女は潤《うる》んだ瞳《ひとみ》で俺を見上げ、こう言ってきた。

「ねえ、触って……」

「い、いいのか……？」

「ええ、あなたにならいいわ……。でもその、きっとあなたの思っている以上に凄《すご》いことになってるから、あまり驚かないでね……？」

「……っ」

ごくり、と生唾《なまつば》を呑《の》み込み、俺はザナに促《うなが》されるまま彼女のショーツへと右手を伸ばす。

――くちゅっ。

「あっ……」

「――っ!?」

彼女のそこは忠告通り本当に凄いことになっていた。

ショーツの上からでもわかるほど豊潤《ほうじゅん》な蜜《みつ》で溢《あふ》れていたのである。

どうしてこんなに……、と驚く俺に、ザナは熱い吐息《といき》とともに言った。

「何度も抑えようとしたわ……。でもダメなの……。あなたの姿が見える度に、あなたと目が合う度にここが切なくなって、どんどん想いが溢れてくるの……。だから私、昨日も、その前の日も自分で自分を慰《なぐさ》めたわ……。あなたに抱かれる自分を想像しながら、何度も何度も自分を慰めたのよ……？」

「そ、そんなに俺のことを……？」

「……」

こくり、と恥ずかしそうに頷くザナがあまりにも可愛《かわい》くて、堪らずこのままベッドに押し倒してしまいそうになる俺だったが、その前にどうしても聞いておかなければならないことがあり、なんとかぎりぎりのところで踏み留まる。

そして冷静に呼吸を整えて言った。

「……君の気持ちは凄く嬉しいし、俺もその気持ちを無下《むげ》にはしたくないと思う。けど君も知ってのとおり、俺にはすでに三人のお嫁さんがいて、俺は彼女たち全員のことを愛している。だからもう一度君の口から聞かせてほしいんだ。それでもなお俺と歩んんっ⁉」

そこで再度唇を奪われた俺は、そのままベッドへと押し倒される。

ゆっくりと唇を離したザナは、ふふっと妖艶《ようえん》に笑って言った。

「……私ね、自分でもはじめて知ったのだけれど、どうやら一途《いちず》でとっても独占欲の強い女みたいなの。だからあなたのことを絶対に放さないし、放すつもりもないわ。たとえ何人のお嫁さんがいようと必ずあなたの心を私だけのものにしてみせる——私はそういう女よ」

「……そっか。わかったよ。なら君は今から俺のものだ」

俺がそう微笑みかけると、ザナもまた「ええ、私はとっくにあなただけのものよ」と口元を和らげ、またもや唇を奪ってきたのだった。

◇

ザナはとにかく献身《けんしん》的だった。

「ふふ、いっぱい気持ちよくしてあげる♪」

そう蠱惑《こわく》的に笑うやいなや、彼女はゆっくりと俺の身体中に口づけし、敏感な部分には舌《した》を這《は》わせ、充血した一物《いちもつ》にも抵抗なく口淫《こういん》してくれた。

彼女の愛撫《あいぶ》はとても優しく丁寧《ていねい》で、それゆえに蕩《とろ》けてしまいそうなほどの快楽だった。

とくに一物を口で愛してくれた時が一番やばく、はじめて我慢《がまん》ができず途中で達してしまったほどだったのだ。

「……んふ、美味《おい》しい♪」

だがそれでもザナは一切嫌な顔をせず、口内に残った俺の精を全て呑み込み、ぺろりと扇情《せんじょう》的に唇を舐《な》めていた。

決して悪い意味ではないのだが、きっと夜のお店のお姉さま方はこういう感じで男たちの精を搾《しぼ》り取っていくのだろう。

そうぼんやり想像してしまうくらい、ザナは積極的かつ献身的に俺を愛してくれたのである。

恐らくはマグメル同様、今まで我慢してきたものが一気に弾《はじ》けたのではなかろうか。

物心ついてから十年以上の時を誰にも縋《すが》れず、甘えることすらできなかったその反動が全部まとめて俺に向けられているんだと思う。

こんなにも嬉しそうに俺を愛してくれるのだ。

ならば俺も負けてはいられない。

彼女の愛に全力で応《こた》えてやりたい。

彼女をもっと喜ばせてあげたい。

「んっ……あ、そこ感じちゃう……やだ、凄い……あっ……」

だから俺もただしてもらうだけでは終わらず、二度目の口淫の際は彼女のお尻《しり》をこちらに向けてもらい、すでに潤《うるお》いと芳醇《ほうじゅん》な雌《めす》の香りに満ちていたザナの秘所へと深く顔を埋め、互いに愛し合った。

きっと俺の想像以上に感じてくれたのだろう。

止《と》め処《ど》なく溢れ出す愛蜜《あいみつ》により、軽く溺《おぼ》れかけたくらいだ。

「……ねえ、イグザ」

「うん？　どうした？」

そうしてついにザナと結ばれる時が来たのだが、その直前で彼女は俺の上に跨《また》がったまま、一物の先端を自身の蜜壺《みつつぼ》の入り口へと宛《あて》がった状態で言った。

「私ね、どうしてなのかはよくわからないのだけれど、絶対にそうだと言える確信が一つだけあるの」

「確信？」

「ええ。あなたにとってこの世で最も〝身体の相性〟がいい女が私だということよ」

「そ、そう、なのか……？」

まだ繋《つな》がってもいないのにどうしてそんなことがわかるのだろうか。

たぶん〝確信〟というよりは〝願望〟に近い気がするのだが、しかし彼女から感じるこの妙な自信は一体……、と困惑する俺に、ザナはやはり妖艶に笑って言った。

「ふふ、それを今から証明してあげる」

そして。

「あ、入っちゃう……」

「うっ……」

ずちゅり、と彼女は一気に腰を落としたのだった。

◇

それは、はじめての感覚だった。

〝この世で最も身体の相性がいい〟という彼女の発言を裏付けるものなのかどうかはわからないのだが、今まで俺が経験してきた情交とは明らかに何かが違ったのである。

もちろん身体の造《つく》りは十人十色《じゅうにんといろ》ゆえ、ほかの三人にもそれぞれのよさがきちんとあるし、恐らくは全員と相性がいいのもまた事実だ。

が、この一物に〝絡《から》みついてくる〟という感覚は本当に生まれてはじめてのものだった。

まるで蜜壺の中に極小の触手《しょくしゅ》のようなものが無数に存在し、各々《おのおの》が躍起《やっき》になって俺の精を搾り取ろうとしてくるかのような――そんな錯覚《さっかく》すら起こすほどだったのである。

「くっ、ザナ……俺、もう……っ」

「んっ、私も、イクわ……。い、一緒に……あっ♡　あっ♡　ああああああああああっ♡」

ぎゅうっと俺の首元に腕を回し、密着しながらザナが俺の上で絶頂を迎える。

「う、ぐっ……」

「や、熱い……。赤ちゃんできちゃう……」

当然、俺も彼女が達するのと同時に己《おの》が精を彼女の最も深いところへと解き放っていた。

いつもならもう少し保《も》つはずなのだが、あまりの快楽に我慢ができなかった。

やはりこれが彼女の言う〝相性のよさ〟なのであろうか。

「……んちゅっ……ちゅっ……ねえ、もっとして……？」

「……ああ、もちろんだ」

すっかり蕩けた表情になっているザナと幾度《いくど》も口づけを交わしつつ、俺は上体を起こし、対面で抱き合うかのような体位へと姿勢を変える。

「……あっ、あっ、やっ、んっ、あっ、んっ、あっ、あっ……」

そして彼女の腰の動きに合わせるように背に回していた腕を引き、ぎしぎしとベッドを軋《きし》ませ始めた。

が。

「やっ、ダメ……ん、またイっちゃう……ああっ♡」

「ちょ、ザナ……っ!?」

開始早々、ザナがぎゅっと四肢《しし》を使って力いっぱい抱きついてくる。

当然、彼女の蜜壺も同じく収縮し、まるで吸い取られるかのように俺の下腹部にも突き上げるような快感が昇ってくる。

「ま、またイっちゃ……んんんんんんんんんっ♡」

「く、うっ……」

そうして互いにびくびくと身体を小刻《こきざ》みに震わせながら絶頂の余韻《よいん》に浸《ひた》っていると、ザナが息も絶え絶えに言った。

「……ねっ？　私たち、凄く身体の相性がいいでしょう……？」

「う、うん……。確かに……」

さすがにこんなにも早くイかせられると認めざるを得ない気になってくる。

でもこれはちょっと色々な意味でやばい気が……、と若干《じゃっかん》の焦燥《しょうそう》を覚える俺の気持ちを敏感に察したのだろう。

ザナはふふっと蠱惑的な笑みを浮かべて言った。

「まだまだ夜は始まったばかりよ……？　だからいっぱい愛し合いましょうね、私の大好きなあなた……」

「お、おう……」

も、もしかしてこの子、〝魔性の女〟というやつなのでは……？

「……やだ、凄く馴染んでる……あっ、気持ちいい……」

そんな杞憂《きゆう》を俺が抱いていることなどつゆ知らず、ザナは再び腰を動かし始め、彼女の言ったとおり、俺たちは夜通しでたっぷりと愛し合うことになったのだった。

◇

翌朝。

「というわけで、私もあなたたちの旅路に同行させてもらうことにしたわ。足手まといにはならないつもりだから、これからよろしくね」

と、ザナが昨日俺に言ったように、アルカたちにもパーティーに加わる旨《むね》を伝えるが。

「「「……」」」

――じろっ。

「……」

――すっ。

三人揃《そろ》って半眼《はんがん》を向けられ、俺はなんとも気まずく視線を逸らす。

だが彼女たちがそういう反応になるのも当然だと思う。

何故なら、

「ねえ、それより一緒に湯浴《ゆあ》みをしに行かない？　ほら、昨日はいっぱい汗《あせ》をかいちゃったしねっ？　いいでしょ？」

「そ、そうだね……」

「ふふ、よかった♪」

昨日までそんな素振りをまったく見せなかったザナが思いっきり俺と腕を絡め、手も恋人繋ぎしていたからである。

本当は普通の状態で皆に説明するつもりだったのだが、「嫌よ。私、あなたと離れたくないもの」と全然放してくれず、結局こうなってしまったのだ。

「「「……」」」

「あ、あはは……」

もうそうなったら空笑《からわら》いを浮かべるしかなく、俺はザナとともに未《いま》だ半眼の女子たちの前を何ごともなかったかのように通り過ぎようとする。

が。

――がしっ！

「――ぐえっ⁉」

もちろん見逃してくれるはずもなく、俺の首根っこをぐぐと自分の方へと引き寄せながら、アルカがとても怖い顔で言った。

「おい、なんなのだこれは……っ？」

「な、なんなんだろうね……」

なので俺も覚悟を決めることにしたのだった。

◇

「……なるほど。それでイグザさまを愛してしまったと」

「ええ、そうよ。〝恋をすると周りが見えなくなる〟とはよく言ったものよね。気づいたら彼のこと以外考えられなくなっていたわ。まあ私のは〝恋〟ではなく〝愛〟なのだけれど」

「ふむ、心を救われたから愛してしまった、か……。なまじ気持ちがわかるだけになんとも言えんのが歯痒《はがゆ》いところだな……」

むぅ……、とアルカが不満そうに頬を膨《ふく》らませる中、オフィールが突っ込むように言った。

「いや、別に愛しちまったもんは仕方ねえんだけどよ。でもちょっと前にあたしとあんだけ激しく愛し合っておきながら新しい女作んの早すぎねえか？　しまいにゃオフィールちゃん泣いちまうぞ？」

「うっ、それはなんというかその、本当にごめん……。でも彼女も本気で俺に想いを寄せてくれていたから、その気持ちを無下にするわけにもいかなくて……」

俺がそう申し訳なさそうにしていると、オフィールは一転して無邪気に笑って言った。

「はっ、んなもんわかってるよ。あんたはそういう男だからな」

「オフィール……」

「へへっ、まあ自分の男に女が寄ってくるっつーのは悪い気しねえし、今夜あたしをたっぷり可愛がってくれるってんなら許してやってもいいぜ？」

「おい、ちょっと待て。どさくさに紛《まぎ》れて変な約束を交わそうとするんじゃない。大体、その女が聖女としての体裁《ていさい》を守るためだと滞在中の情事を禁じてくれたおかげで、正妻の私ですらご無沙汰《ぶさた》なんだぞ？」

「そうですよ！　というか、そう仰《おっしゃ》っておきながらご自身がイグザさまに夜這《よば》いをおかけになるとは一体どういう了見《りょうけん》なのですか⁉」

マグメルにそう問い詰められたザナは、「どういう了見と言われても……」と小首を傾げた後、再び俺と腕を絡めて言った。

「そんなの彼に私以外の女を抱いてほしくなかったからに決まっているでしょう？　〝嘘《うそ》も方便〟というやつよ」

「「「……はっ？」」」

女子たち三人の目が揃って点になる。

そりゃそんな顔にもなるだろう。

だってさもそれっぽく「民や兵たちの心境を考えれば～」みたいに言ってたしね……。

「おい、あのお姫さまやべえぞ？」

「そ、そうですね。お二人方とは少々毛色が違うというか、たとえどんな手を使ってでもイグザさまをものにしようという強い決意のようなものを感じます」

「ふん、小賢《こざか》しい真似《まね》を。ならばお前に〝正妻の流儀《りゅうぎ》〟というやつを見せてやる。少し離れていろ」

「……？」

アルカの言葉に眉根を寄せつつ、ザナが少しだけ俺から距離を取る。

すると、アルカは静かにこちらへと近づき、そのままぎゅっと俺に抱きついてきた。

「あ、アルカ……？」

「いいからお前も抱き返してくれ。大事なことなんだ」

「あ、ああ……」

言われたとおり、俺もアルカを優しく抱き締める。

石鹸《せっけん》のいい匂いと、いつものアルカの温もりに俺がなんとも言えない安心感を覚える中、彼女はまるで甘えるように俺の身体にすりすりと顔を擦《こす》りつけてくる。

「ん～……」

「「「……」」」

え、何この時間……、と揃って呆《ほう》ける俺たちだったが、ふとザナがあることに気づいたらしく、「まさかあなた……っ!?」と驚いたように両目を見開く。

そんな彼女にアルカはふふっと余裕の笑みを浮かべて言った。

「ああ、今の行動に意味など何もありはしない。ただ私がイグザとイチャイチャしたかっただけだ」

「はあ？　なんじゃそりゃ？」

「ちょ、アルカディアさま⁉」

当然、納得のいかなそうなオフィールとマグメルだったが、アルカは「すまんな」と不敵に笑って言った。

「〝嘘も方便〟というやつだ」

「「――！」」

そこで俺たちもようやく気づく。

つまり彼女の行動は――。

「……なるほど。さすがはあなたの選んだお嫁さんと言ったところかしら？　どうやら一筋縄《ひとすじなわ》ではいかなそうね」

「ああ、そういうことだ。あまり私を……いや、私たちを舐めない方がいいぞ、〝弓〟の聖女」

そう言ってアルカがザナに右手を差し出す。

「ええ、肝《きも》に銘《めい》じておくわ」

それを同じく右手でしっかりと握り返し、ザナもふっと口元を和らげる。

その様子を俺たちも微笑ましそうに眺《なが》めていたのだが、「……ところで」とマグメルが笑顔でこう言ってきた。

「もうそろそろよいのではないでしょうか？　いい加減イグザさまから離れてくださいませ」

「……」

ぎゅう～、と無言で一層強く抱きついてくるアルカ。

「ほら、もうそんなことじゃないかと思いました!?　ちょ、離れてください!?」

「い～や～だ～!?」

またもやアルカが子どものように駄々《だだ》をこねる中、オフィールが「んじゃあたしはこっちいただきー！」と俺の背後から抱きついてくる。

「ちょ、ちょっとずるいですよ、オフィールさま!?　な、なら私は……はっ!?」

そこで俺と目が合ったマグメルは、恥ずかしそうに頬を朱に染めた後、すっと瞳を閉じて顎《あご》を突き出してきた。

が。

「「いや、それはダメだろ」」

「な、なんでですかー!?」

アルカたちに真顔《まがお》で突っ込みを入れられ、一人頬を膨らませていたとかなんとか。

まあ楽しそうで何よりである。

◇

と、そんなこんなで俺たちは出立《しゅったつ》の時を迎えていた。

このままだと南の大国――〝ラストール〟に侵攻されるのは目に見えているからな。

リフィアさまの命を奪ったのもそのラストールの関係者だっていうし、〝巨人〟の脅威《きょうい》もある以上、次の目的地はラストールで決まりだろう。

「じゃあ元気でな、アイリス。また会いに来るからさ」

「はい、イグザさんもお元気で。――そしてお姉さま」

「何かしら？」

「ほかの妹たちのことは私にお任せください。まだ戸惑《とまど》っている子たちもいますが、私が彼女たちを支えていきますので」

「ええ、ありがとう、アイリス。でもあなたもきちんとお母さまたちに甘えるのよ？」

「はい、わかりました」

こくり、と頷いた後、アイリスが再び俺の方を見やって言った。

「本当は私もイグザさんたちについていきたかったのですが、でもせっかくお姉さまが与えてくださった機会を無駄にはしたくないと思います」

「ああ、それでいいと思うよ」

「はい。なので全ての旅が終わった後、私をイグザさんの妾《めかけ》としてお迎えください」

「えっ⁉」

驚く俺に、ザナはおかしそうに笑って言った。

「ふふ、いいじゃない。さすがは私の妹と言ったところかしら？　とてもいい男の趣味をしているわ」

「はい、もちろんです」

にこり、とアイリスが微笑みながら頷く。

しかし随分《ずいぶん》と感情豊かになったものだ。

「よかったわね、可愛いお嫁さんがもう一人できて」

「いや、笑いごとじゃないだろ⁉」

こんな少女に手を出したら倫理《りんり》的にアウトだわ⁉

が。

「……お嫌ですか？」

「うっ……⁉」

とても悲しそうな表情をするアイリスに、俺はとうとう折れてしまったのだった。

「……わかった。その時は君を俺のお嫁さんにするから、少しだけ待っていてくれるか？」

「はい！」

大きく頷いたアイリスの笑顔は、今まで見た中で一番嬉しそうなものであった。

44章　クソみたいなやつらはぶん殴ってやれ

ベルクアを出発した俺たちは今まさに南の国境線を越えようとしていた。

リフィアさまが亡くなるまでは単に見張り台が設置されている程度のものだったらしいのだが、今では山間《やまあい》に基地が建設され、入国もかなり制限されているという。

もっとも、ゼストガルド王が改心した以上、これからはそこら辺の規制も徐々《じょじょ》に緩《ゆる》くなっていくのではないだろうか。

とはいえ、いきなり警備を緩めたら相手の思うつぼだからな。

ゼストガルド王からの書簡《しょかん》も預かっているし、まずは遙《はる》か向こうに見える大国――ラストールの現状を把握《はあく》するのが先だろう。

そう考えつつ、俺たちはヒノカミフォームに《断空結界陣《インビジブルコーティング》》を使って飛行を続ける。

ザナの妹たちには破られてしまったが、あれは《天弓《てんきゆう》》の持つ感知能力の高さゆえだったからな。

さすがにあれほどのスキル持ちはそうそういないと思いたい。

「ところで、これから向かう〝ラストール〟とは一体どういう国なのでしょうか？」

ふとマグメルからそんな疑問が飛び出す。

確かにそれは俺も気になっていた事柄だった。

「そうね、一言で表すなら〝胡散臭《うさんくさ》い国〟かしら？」

「はっ、それをおめえが言うのかよ？」

「ちょ、ちょっとオフィールさま⁉」

頬杖《ほおづえ》を突き、寝転がったまま言うオフィールを窘《たしな》めるようにマグメルが声を張り上げる。

だがオフィールも悪気はなかったと思われ、ザナもとくに気にはしていない様子だった。

「別に構わないわ。だからこちらも軍備に力を入れざるを得なかったの。表向きには友好を謳《うた》ってはいるのだけれど、裏では平気で人の母親を暗殺するようなやつらよ？　信じられるはずないでしょう？」

「しかし何故《なぜ》それをラストールの者どもがやったと？」

アルカの問いに、ザナは表情を暗くして言った。

「……実際に見ていたからよ。お母さまがラストール城で見た男に矢で射貫《いぬ》かれるのをね。以前は多少なりとも交流があったから覚えていたの。私がまだ妹たちと同じくらいの頃よ」

「……そうか。それは辛《つら》かったな」

「ありがとう。でも今はもう大丈夫よ。あなたたちのおかげでね」

そう言って微笑《ほほえ》みを浮かべるザナに、俺たちを包む雰囲気《ふんいき》も温かいものになる。

そんな中、オフィールががしがしと頭を掻《か》いて言った。

「にしてもわっかんねえよなぁ。なんでわざわざそのラスなんたらっつー国のやつらはお姫さまの親父《おやじ》がぶち切れるようなことをしたんだ?」

「〝ラストール〟です。半分当たってるんですから全部覚えてください」

マグメルに半眼《はんがん》を向けられ、オフィールが「へいへい」と肩を竦《すく》める。

「〝はい〟は一回です」

「へーい」

なんかお母さんと反抗期の娘みたいだな……と、それはさておき。

「たぶんベルクアに軍事力を増強させるためじゃないかな? 〝暗殺〟ってことは、ラストールからするとベルクアの方が言いがかりをつけてきたことになるし、自分たちも軍備に力を入れる大義名分になるだろ?」

「確かにその可能性はあるでしょうね。事実、私たちが国境の警備を強化し始めてからラストールも軍拡を始めたと言うわ」

「つまりベルクアに侵攻するための口実作りというわけか。一応聞いておくが、ベルクアの魔導工学技術とやらはラストールのそれよりも上か?」

「ええ、そのとおりよ。恐らく技術を進歩させるだけさせた後、一気に攻め落として全《すべ》てを奪い取るつもりだったのでしょうね。たとえばそう――」

――〝ホムンクルス〟とか。

そう続けたザナの言葉に、一同の顔も険しくなる。

もしあの技術がラストールに奪われていたなら、今頃はさらに多くの悲劇が引き起こされていたことだろう。

そうならなくてよかったと本当に思う。

「ただ一つ疑問なのは、いくらラストールが大国とはいえ、ベルクアにはザナ……つまりは〝弓〟の聖女がいるってことだ。ベルクアが彼女を兵器に転用するのは目に見えていただろうし、よほどのことがない限り、そこまで勝てる見込みがあるとは思えないんだけど……」

「そこで出てくるのが例の〝巨人〟というわけだ。恐らくは聖女の力すら上回る自慢の兵器なのだろうよ」

聖女の力すら上回る自慢の兵器、か……。

「なんでそこまで軍事力を求めるのかは知らないけど、本当に困った国だな……」

「そうですね……。そしてそんなものまで生み出してしまう〝人の業《ごう》〟というものを、私はとても恐ろしく思います……」

と、悲しそうな表情を見せるマグメルだったのだが、

――ばんっ！


「ひゃうっ!?」

そんな彼女の背中に活《かつ》を入れる者がいた。

「何しけた面《つら》してやがんだよ」

言わずもがな、オフィールである。

「い、いきなり何をするんですか!?」

当然、真っ赤な顔で抗議するマグメルに、オフィールはにいっと不敵に笑って言った。

「おめえがべそかきそうな面してっからわりいんだろ？　つーか、あたしたちは〝聖女さま〟なんだぜ？　聖女さまってのは、そういうクソみてえなやつらをぶん殴ってやんのが仕事なんじゃねえのか？」

「そ、それはまあ、そうですけど……」

「だったらうじうじ悩んでねえで、その杖《つえ》で思いっきりぶん殴りに行きゃいいんだよ」

「オフィールさま……」

「ふむ、正論だな。問題は当の本人がその聖女の仕事とやらをまったく果たさず生きてきたと

いうことなのだが」

「いや、おめえも似たようなもんじゃねえか!?　武術大会ばっか出てたって聞いたぞ!?」

「ふっ、そんな昔のことは忘れたな。それよりも大事なのは今を生きることだ。違うか？」

「お、おう……」

「いや、そこで言いくるめられてどうするのよ……」

はあ……、と嘆息《たんそく》するザナたちを微笑ましく思いながら、俺はマグメルに言う。

「まあそんなに重く考えないようにしよう。間違った道に進んでいるのなら正してやればいい。それができるだけの力を俺たちは女神さま方から与えられているんだからさ」

「……そうですね。ええ、そのとおりですわ」

大きく頷《うなず》いてくれたマグメルに、俺も口元を和《やわ》らげる。

そして前方を見やりながら告げたのだった。

「さあ、見えてきたぞ。あれが俺たちの目指すこの大陸最大の国――〝ラストール〟だ」

45章　不老の王

例の如《ごと》くラストール近郊でヒノカミフォームを解除した俺は、女子たちを連れて徒歩で城下町へと赴《おもむ》く。

町は周囲を高い城壁で覆《おお》われてはいるものの、城門は普通に解放されており、人々が自由に往来できるようになっているようだった。

ベルクアとは緊張状態にあると聞いていたのだが、城下町は活気に溢《あふ》れており、住民たちの雰囲気《ふんいき》もかなり明るい感じだ。

第一印象としてはそう――〝豊かな国〟である。

「ふむ、これは意外だな。聞いていた話とは随分《ずいぶん》異なる気がするのだが……」

「そうですね。皆さまとても楽しそうに生活されているように見えます」

「まあ表面上はこんなものでしょう。でも気を抜かない方がいいと思うわ」

「だな。あたしもそう思うぜ？　目に見えてるもんだけが全《すべ》てじゃねえからな」

「はは、そのフレーズはアフラール以来だな」

「おうよ！」

そういえばあの時も一見すると活気のある商業都市だったけど、裏じゃ〝奴隷《どれい》市場〟なんてとんでもないものが開かれていたからな。

とくに今回はアフラールとは比べものにならないほどの大国が相手なわけだし、十分用心していかないと。

「とりあえずゼストガルド王の書簡《しょかん》を届けにラストール城に向かおう。話はそれからだ」

「ああ」「はい」「おう」「ええ」

頷《うなず》く一同を連れ、俺は前方に聳《そび》えるラストール城へと真《ま》っ直《す》ぐに向かっていったのだった。

◇

「――ようこそ、我がラストールへ。私が王のヴァエル＝ア＝ラストールです」

そう爽《さわ》やかな笑みを浮かべるのは、見た目二十代半《なか》ばくらいの若い男性だった。

ぱっと見は誠実そうな好青年である。

顔立ちも整っており、たぶん女性にかなり人気があるのではないだろうか。

「しかしまさかこれほど多くの聖女たちに会える日が来るとは思いませんでした。とても光栄に思います。しかもベルクアの聖女――ザナ姫もお越しとか」

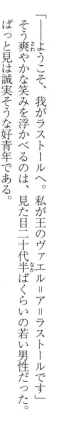

「……」

「……ザナ？」

俺が呼びかけると、ザナははっと気づいたように言葉を紡《つむ》ぐ。

「え、ええ、私がそのザナでございます、陛下《へいか》……」

「？」

なんだろう。

どこかザナの様子がおかしい気がする。

気のせいだろうか。

「はは、そんなに緊張しないでください。確か以前一度お会いしたことがありましたね？」

「そ、そうですね……」

「あの頃はまだ可憐《かれん》な少女だった気がしますが、随分とお美しくなられたようで思わず見惚《みと》れてしまいました」

「……ありがとうございます。勿体《もったい》なきお言葉です」

静かに頭を下げるザナに、ヴァエル王は相変わらず顔に微笑《ほほえ》みを湛《たた》えたまま言った。

「それでお父上……ゼストガルド王から書簡を預かっていると伺《うかが》いましたが、早速《さっそく》拝見させていただいてもよろしいでしょうか？」

「はい、こちらに」

ザナがお付きの女性に書簡を渡すと、彼女はそれを静かにヴァエル王のもとへと届けにいく。

そうして書簡に目を通したヴァエル王は、「なるほど」と頷いて言った。

「我が国との緊張状態を解消し、再び友好国としてともに歩みたいと」

「はい。父はそのように考えております」

ザナがそう頷くと、ヴァエル王もまた頷いて言った。

「そうでしたか。それはこちらとしても願ってもいないことです。なんでも突如《とつじょ》火の神の遣《つか》いが現れ、我が国との争いを防ぐために亡きリフィア妃《ひ》を蘇《よみがえ》らせてくださったのだとか」

さすがに情報が早いな。

まだ国境の規制も緩和《かんわ》されてはいないはずなんだけど。

「なんと素晴らしいことでしょうか。まさに神の奇跡です。我らラストールの民一同を代表して心よりの祝福を申し上げます」

「……ありがとうございます、陛下」

「……」

そう微笑みを浮かべるザナだが、俺は見逃さなかった。

彼女が何かを堪《こら》えるように肩を震わせていたことを。

先ほどから微妙に様子もおかしかったし、やはりあの王さまに対して思うところがあるのかもしれない。

俺がそんなことを考えていると、ふいにヴァエル王が俺たちを見やって言った。

「ともあれ、皆さん長旅でお疲れでしょう。最上級の宿を用意させますので、本日はそちらに泊まり、ゆっくりと旅の疲れを癒《い》やしてください。本当は城の客間を用意させたかったのですが、この時期は少々来客が多いものでして。申し訳ございません」

「いえ、陛下のお心遣いに感謝いたします」

◇

ヴァエル王との謁見《えっけん》後、俺たちはお付きの女性の案内で城下町の宿へと足を運んだ。

彼が言ったとおり、確かに宿はとても高級な感じで、部屋も一泊いくらするのかというくらい豪奢《ごうしゃ》な装飾が施《ほどこ》された造《つく》りだった。

当然、盗聴などの危険性も考慮した俺たちは、それらの気配や痕跡《こんせき》がないかとくまなく辺《あた》りを探し回ったのだが、何一つとして怪《あや》しいものを見つけることはできなかった。

本当に善意でここを用意してくれたとでも言うのだろうか。

ふとそんな考えも過《よ》ぎったのだが、あの時のザナの様子を思い出し、俺は自分が一瞬でも馬《ば》鹿《か》げた考えを抱いてしまったことを反省した。

そして俺は彼女に問う。

「なあ、ザナ。別に言いたくなかったら構わないんだけど、あの王さまと何かあったのか？」

「……ごめんなさい。やっぱり不自然だったわよね……。自分では自然に振る舞っているつもりだったのだけれど……」

伏し目がちに言うザナだが、彼女は続けてこう言った。


「……あの人よ」


「えっ？」

「私の母を殺し、父を復讐鬼《ふくしゆうき》へと変えた張本人……。でも私が驚いたのはそこじゃないの……」

「「「？」」」

眉根《まゆね》を寄せる俺たちに、ザナは信じられないと言わんばかりの表情で言った。

「変わっていないのよ……。あの時から何も……。外見が十年以上前とまったく変わっていないの……」

「「「――っ!?」」」

それは一体どういうことなのか。

俺たちはしばらくの間、彼女の言葉に唖然《あぜん》とし続けていたのだった。

《聖女パーティー》エルマ視点15：なんなのよこの力⁉

「――《神纏《グランド》》〝岩尖撃《アースブレイブ》〟ッッ‼」

――ずがががががががががっ！

『ギゲエエエエエエエエエエエエエエエエエエエッッ⁉』

あたしが聖剣を大地に突き立てた瞬間、岩塊《がんかい》が無数の鋭利《えいり》な刃《やいば》となって魔物たちを串刺《くしざ》しにする。

手応《てごた》え的には致命傷……いや、たぶん即死だろう。

ゆえにあたしはしゃっと刀身《とうしん》の泥《どろ》を払い、悠然《ゆうぜん》と聖剣を鞘《さや》に収める。

すると、ポルコが興奮《こうふん》した様子で近づいてきた。

「す、凄《すご》いです、聖女さま！　それが女神さまにいただいたという新しい属性武技《ぶぎ》なのですね！」

「ええ、そのとおりです。ほかにもいくつか土属性の武技を習得させていただきました。本当に感謝の言葉もありませんね」

そう慈愛《じあい》の微笑《ほほえ》みとともに返すあたしだったが、内心は言いたいことだらけで今にも爆発しそうだった。
いや、だってそうでしょ⁉
あたしはてっきり女神さまになれると思ってたのよ⁉
それがただの属性武技ってどういうことよ⁉
話が全然違うじゃない⁉
そりゃ通常の属性武技よりもかなり強力だし、ありがたいと言えばありがたいわよ⁉
でも〝神の力〟ってそういうもんじゃないでしょ⁉
なんかこうもっとばーんって感じのやつなんじゃないの⁉
むしろそれしかないわよ、神の力なんて⁉
それに極《きわ》めつけはこれよ、これ！

『スキル――《完全受胎《ガヴリエラ》》：任意のタイミングで必ず妊娠することができる』

いや、なんなのよこのスキルは⁉
え、何⁉
あたしに妊娠しろっていうの⁉
誰の子を⁉

「いやはや、さすがは聖女さまです！」

「……」

え、まさかこの豚《ぶた》の子をーっ!?　とあたしは堪《たま》らず卒倒《そっとう》しそうになる。

じょ、じょじょ冗談じゃないわよ!?

そんなのもうたまに町のいかがわしい本屋で売ってるオークの陵辱《りょうじょく》物みたいじゃない!?

いや、まああたしはそんないかがわしいものなんてまったく読んだこともないのだけれど!?

「……ふう」

と、とにかく落ち着くのよあたし……。

そ、そりゃ確かにね、テラさまは〝生命〟を司《つかさど》る神さまなのだから、こういうスキルを与えてくれてもおかしくはないと思うの。

でも今じゃない！

今じゃないのよ！

てか、これと同じ力を馬鹿《ばか》イグザが与えられてるんだとしたら、あいつ一体何をしようとしてんのよ!?

絶対ほかの聖女たちにいかがわしいことする気満々じゃない!?

最っ低！

あーやだやだ鳥肌《とりはだ》立ってきたわ！

「おや、どうされました？　もしかして少し肌寒いですか？」

「そ、そうですね。今夜は何か身体《からだ》の温まるお食事にでもしましょうか……」

そしてこの疲弊《ひへい》した心にも温《ぬく》もりを……。

と。

「ええ、わかりました。ではこの不肖《ふしょう》ポルコがとっておきのお鍋《なべ》を用意いたしましょう！」

え、お鍋!?

いいじゃない、お鍋！

あたし、お鍋大好き！

「「……ふう」」

そうして、あたしたちはずずずとあったかお鍋を囲んだのであった。

あ～染《し》みるわ～……。

46章　人ならざるもの

はじめて王宮で会った時から姿が変わっていない——その話を聞き、俺たちが真っ先に疑ったのは〝レアスキル〟の存在だった。

聞いた話によると、寿命《じゅみょう》が二倍になる〝長命〟というスキルがあるらしい。

もしヴァエル王がそのスキル持ちだったとするならば十分にあり得る話だ。

ほかにも外見を若く保つ類《たぐい》のスキルやサブスキルがないことはないし、俺たち自身イグニフエルさまの力で〝老い〟を止めているからな。

恐らくザナとしても母親の仇《かたき》であるはずの男が王になっていた上、昔のままの姿で目の前に現れたというショックの連続で少々気が動転してしまっていたのだろう。

ゆえに現実的にあり得ない話ではないということを丁寧《ていねい》に説明してあげたところ、なんとか落ち着きを取り戻してくれたようだった。

「……もう大丈夫よ。ありがとう、マグメル」

「いえ、気にしないでください。でもまだ少し心配なので、もうちょっとだけこうしていますね」

　というように、今はマグメルに背中を擦《さす》られながら温かい飲み物を口にしていた。

　しかしこういう時のマグメルは見た目の柔らかさもあってか、本当に聖母のように見えるな。オルグレンの人々が彼女を慕《した》っていたのも頷《うなず》ける話だ。

「ともあれ、一番の問題はあのヴァエルとかいう王さまがリフィアさまの仇だったたってことだな。あの人が王座に就《つ》いたのは一体いつ頃くらいからなんだろうか？」

「それについては先ほど宿の主人に尋《たず》ねてみたのだが、どうやらここ数年くらいのことらしいぞ」

「つまりリフィアさまを襲撃《しゅうげき》した時は王子の立場だったたってわけか」

「でもおかしいわ。確かに私は幼《おさな》い頃にあの人に会ったことがあるけれど、彼が王子だったなんて全然知らなかったたし、そもそも王子の立場にあるような人がわざわざベルクアまで暗殺になんて赴《おもむ》くのかしら？」

「だが宿の主人はヴァエル〝王子〟だとはっきり言っていたぞ？　まあたとえ変わり身だったとしても王子の姿でリフィアさまを襲《おそ》うメリットはわからんが……」

　確かに。

　もしそれを行う必要があるとするならば――。

「――顔見知りであるザナにラストールの犯行だと伝えさせるため、とか」

「「「！」」」

女子たちが驚いたように目を見開く。

「でもこの説には色々と突っ込みどころがあるんだ。もし仮に暗殺が成功したとしても、ザナが会っていたことを覚えていなければ成立しないし、そもそもベルクアを怒らせるためならヴァエル本人でなくともいいはずなんだ」

「そうですね。ほかの方々に暗殺させ、何かラストールに由来《ゆらい》する品でも証拠として残しておけばいいだけのこと。犯行後に無事逃げ果《おお》せる保証もありませんし、ご本人が直接手を下《くだ》すにはあまりにもリスクが高すぎるのではないかと」

そうなのである。

どう考えても本人が危険を冒《おか》してまで出てくる必要がないのだ。

うーん、と揃《そろ》って難しい顔をする俺たちに、オフィールががしがしと頭を掻《か》きながら言った。

「むしろもっと単純に考えてみりゃいいんじゃねえか？　ラスなんちゃらは戦争を起こしたかった。だからその可能性を上げるためにわざわざ目立つやつが王妃《おうひ》を殺しに行った。お姫さまの目の前でやりやがったのは憎《にく》しみを増長させるため――つまりは〝聖女〟を率先《そっせん》して兵器開発に関《かか》わらせるためだ。ほら、それっぽいじゃねえか」

「そんな適当な……」

呆《あき》れたように嘆息《たんそく》するマグメルだが、アルカは「いや」と神妙な面持《おもも》ちで言った。

「存外《ぞんがい》当たっているかもしれんぞ。事実、ラストールの犯行というだけでオフィールの言うとおりにベルクアは動き、〝弓〟の聖女をベースとした〝ホムンクルス〟たちが生み出された。そしてラストールもまた大義名分を得たとばかりに軍拡に走り、〝巨人〟とやらを生み出すことに成功した。唯一《ゆいいつ》の誤算は両国が本格的にぶつかり合う前に我らが現れたことだろう。となれば、このまま何ごともなく済むはずはあるまい」

「だな。真相に関してはどうしても予想の範疇《はんちゅう》を出やしないけど、ヴァエル王が何かしらの行動を起こしてくる可能性はかなり高いと思う」

「……そうね。どうやら今日は長い夜になりそうだわ」

「まあしゃーねえだろ。適当に見張りでも立てながら交代で休もうぜ」

「わかりました。では念のために簡易《かんい》的な結界《けっかい》を張っておきますね」

そう頷き合い、俺たちは明日の謁見《えっけん》に向けて警戒《けいかい》しながら身体《からだ》を休めることにしたのだった。

◇

翌朝。

何故《なぜ》か体力無限の俺が二交代制で女子たちの抱き枕になっていたことはさておき。

一応警戒はしていたものの、寝込みを襲われるようなことはなく、俺たちは妙に気疲れしながら食堂で朝食を摂《と》った。

もちろんそこにも毒などは一切仕込まれておらず、とても美味《おい》しい卵料理であった。

まさかこのまま何も仕掛けてこないつもりなのだろうか。

そこら辺の思惑《おもわく》に関してはよくわからないのだが、指定された謁見の時間が夕刻なので、俺たちはそれまで町中《まちなか》で聞き込みなどを行うことにした。

その結果わかったのは、ヴァエル王の人気がかなり高く、とくに彼が即位してからは主に医療分野での発展が目覚ましいということだった。

なんでも〝不治の病《やまい》〟とまで言われていた人々ですら回復したというのだ。

恐らくは例の〝巨人〟とやらの技術が関係しているのかもしれないが、こればかりは直接本人に会って確かめるしかないだろう。

と、そんな感じで空もすっかり茜色《あかねいろ》に染まった頃。

わざわざ迎えに来てくれたお付きの女性に連れられ、俺たちは再びラストール城へと赴く。

そうして玉座《ぎょくざ》の間《ま》を訪れた俺たちに向けられたのは、昨日と同じ柔和《にゅうわ》な微笑《ほほえ》みだった。

「こんばんは、皆さん。お待たせしてしまって申し訳ありませんでした。一応我が国で最も評判のよい宿を用意させていただいたのですが、昨日はよくお休みになられたでしょうか？」

「ええ、おかげさまで。お心遣《づか》いありがとうございました」

ザナが代表して頭を下げると、ヴァエル王は白々しくもこう言った。

「いえ、親愛なる友好国の姫君なのですから当然です」

「……っ」

びくりっ、と一瞬ザナの肩が震えたような気がしたが、彼女も強い女性である。

小さく息を整え、努めて冷静に顔を上げて言った。

「……ところで、私は一つ陛下《へいか》に謝罪しなければならないことがあります」

「謝罪ですか？　一体なんのことでしょう？」

「失礼ながら、私が陛下とお会いしたのはもうかなり以前のこと。にもかかわらず、陛下は当時と変わらぬお姿を保っておられます。昨日はそのことに少々驚いてしまいまして、もしかしたら私の無作法な振る舞いにお気を悪くされていたのではないかと」

「そうでしたか。いえ、それはこちらこそ申し訳ありませんでした。確かに私の身体はもうかなり以前から〝老い〟というものを克服し、全盛期の肉体を維持《いじ》し続けています。ですがそれも当然のこと。何故なら私という存在はすでに〝人〟の域《いき》には留まっていないのですから」

「「「「――――っ!?」」」」

言葉の真意がわからず困惑《こんわく》する俺たちに、ヴァエル王は微笑みを崩《くず》さず玉座から腰を上げ、ゆっくりとこちらに近づきながら言った。

「――ベルクアのホムンクルス。あれには私も驚かされました。特殊な素体《そたい》にベースとなる者の細胞を取り込ませることで複製化を可能とする――実に素晴らしい技術です」

「「「「――なっ!?」」」」

まさかすでに手に入れていたというのか!?

「あなた、ホムンクルスのことを……」

「ええ、知っていますよ。そしてあなたのホムンクルスたちがその唯一の成功例であるということもね」

「くっ……」

俺たちは一斉《いっせい》にヴァエル王から距離を取り、臨戦《りんせん》態勢に入る。

すると、ヴァエル王はふふっと愉快《ゆかい》そうに笑って言った。

「ではせっかくなのでご覧《らん》に入れましょうか。――〝人ならざるもの〟となった私の力を！」

――どがんっ！

「「ぐわあっ!?」」

「「「――なっ!?」」」

その瞬間、アルカとオフィールが同時に壁際まで吹き飛ばされたのだった。

47章　魔物の王

「二人とも大丈夫か!?」

当然、俺はすぐさま二人に無事かどうかを問う。

「いってぇ……」

「すまん、油断した……っ」

だが見た感じそこまで大きな怪我《けが》はしなかったようで、両者ともすでに上体を起こしている最中だった。

正直、心臓が止まるかと思ったが、恐らくは直感的に防御《ぼうぎょ》姿勢を取ったのだろう。

とにかく大事に至《いた》らなくてよかった。

「マグメル、一応二人に治癒《ちゆ》術をかけてきてくれ」

「わ、わかりました!」

頷《うなず》き、マグメルが二人のもとへと駆けていく。

それを確認した俺は、再びヴァエル王へと視線を移す。

そこで見たのは、左腕を何か尻尾《しっぽ》のようなものへと変化させている王の姿だった。

「おや、これは驚きました。通常の人間であれば即死するレベルの一撃だったのですが、さすがは聖女といったところでしょうか」

「はっ、この程度の攻撃なんざ屁《へ》でもねえってんだ！　こちとら地上最強の男と一戦交《まじ》えてんだぜ！　そいつに比べりゃぬりぃなんてもんじゃねえよ！」

「右に同じだ。確かに恐ろしく速い上に鋭く重い一撃ではあったが、臆《おく》するほどのものではない。ただこの借りは高くつくぞ、ヴァエル王」

マグメルに治療されつつも、意外と元気そうな二人の様子に俺もほっと胸を撫《な》で下ろす。

すると、ヴァエル王が俺を見やって言った。

「ふむ、彼女の言う〝地上最強の男〟というのは、もしかしてあなたのことですか？」

「まあ一応な」

ごうっ！　と片刃《かたは》剣のヒノカグヅチを顕現《けんげん》させる。

それを見たヴァエル王は「なるほど」と頷いて言った。

「あなたが例の〝火の神の遣《つか》い〟というやつだったのですね。これで合点《がてん》がいきました。てっきり聖女たちの荷物持ち辺《あた》りかと思っていたのですが」

「はは、よく言われるよ。それであんたのその力はなんだ？　それが〝人ならざるもの〟ってやつの力なのか？」

「ええ、そのとおりです。なかなか面白《おもしろ》いでしょう？」

そう言って、ヴァエル王はぎゅるりと左腕を元の状態へと戻す。

何か変身系のスキルや術技《じゅつぎ》かとも思ったが、どうやら違うらしい。

「これはベルクアのホムンクルス技術を応用したものです」

「やはりあなたたちは私たちの技術をすでに手に入れていたのね」

「ええ、もちろんです。内偵《ないてい》の方々がよい仕事をしてくれました。もっとも、私たちが欲しかったのは〝素体《そたい》に別の情報を取り込む技術〟でしたので、ホムンクルスなんてものにはまるで興味がなかったのですが」

「……それは一体どういう意味かしら？」

訝《いぶか》しげに眉根《まゆね》を寄せるザナに、ヴァエル王は相変わらず余裕の微笑《ほほえ》みで答えた。

「もうおわかりなのではないですか？　あなたたちの技術が私を〝人ならざるもの〟へと進化させてくれたのです」

このようにね、と振り上げた王の右腕が、まるでグレートオーガのように筋骨隆々《きんこつりゅうりゅう》で大きなものへと変貌《へんぼう》していく。

いや、実際のグレートオーガよりも二回りは太い腕だ。

「あんた、まさか……」

「ええ、そのまさかです。私は自《みずか》らの身体《からだ》にありとあらゆる魔物の細胞を取り込みました。もちろん最初は拒否反応で死にかけたりもしましたが、ある時を境《さかい》にぴたりとそれが止《や》み、〝ああ、私は魔物たちに認められたのだ〟と悟りました」

「〝乗っ取られた〟の間違いじゃないのか？」

皮肉を込めて言う俺だが、もちろんヴァエル王は意に介《かい》さない。

「きっと彼らにも〝王〟が必要だったのでしょう。そして私はその〝王〟に選ばれた」

言わば――、とヴァエル王は肥大化《ひだい》した腕を大きく振りかぶって吼《ほ》えた。

「――〝魔王〟ッ！　それこそが我が真実の姿ッ！」

「「――っ!?」」

どばんっ！　と突きの衝撃で壁にどでかい穴が開く。

見た目同様、とんでもない威力《いりょく》の攻撃だが、躱《かわ》せない速度ではない。

「ザナ、援護を！」

「ええ、わかったわ！」

どひゅうっ！　と空《くう》を切るザナの矢に併走《へいそう》する形でヴァエル王目がけて特攻する。

「――〝不純の二角蹄《バイコーンヒールズ》〟ッッ!!」

――だんっ！

「「――なっ!?」」

だがさすがは魔物の王――俺たちの攻撃が届く直前に脚部を先ほどとは異なる魔物のものへと変化させ、恐るべき速度でその場から離脱する。

「――〝重閃多連撃《ファランクスブロー》〟ッッ!!」

――どがががががががががががががががっ！

「はは、遅いですよ！」

「くっ……」

そしてザナの連撃を壁走りで躱しながら、ヴァエル王は両腕を合わせて竜種の頭部を再現し、その口元に尋常《じんじょう》ではない量のエネルギー体を集束させる。

「――〝古竜の咆餓吼《エンシエントドラゴニックブレス》〟ッッ!!」

が、そんなものをこんな狭い場所で放たせるわけにはいかない。

「させるかッ！」

――ずしゃっ！

「くっ⁉」

床にクレーターを穿《うが》つほどの脚力でヴァエル王へと肉薄した俺は、大剣に変化させたヒノカグヅチで集束していたエネルギー体ごと竜種の大顎《あご》を貫《つらぬ》く。

「今だッ！」

「ああ！」「おう！」

そして俺の叫びに呼応《こおう》するかのように、復活したアルカとオフィールが左右から同時に攻撃を仕掛けた。

――ざしゅっ！

「がっ⁉」

「皆さん、離れてください！」

「「！」」

さらにマグメルがトゥルボーさまから習得した風属性の術技で追い打ちをかける。

「裂きなさいッ！　荒れ狂う風の刃《やいば》――〝《神纏《グランド》》牙突旋刃昇《トルネードファング》〟ッッ‼」

──どひゅうううううううううううううううううううううっ！

「ぐうっ⁉」

吹き荒れる風の奔流《ほんりゅう》に身体をずたずたに切り裂かれたヴァエル王は、そのまま天井の壁にぶち当たったかと思うと、ずがしゃっと崩《くず》れ落ちてきた瓦礫《がれき》の山に埋もれてしまった。

やったのだろうか……？

警戒《けいかい》しながらやつの様子を窺《うかが》う俺たちだが、ふいにがらっと瓦礫の中から人影が姿を現した。

「……はは、さすがですね。どうやらこのままの状態で勝つのは難しそうです」

「ならここら辺で諦《あきら》めてくれると助かるんだけどな」

「残念ですがそれはできない相談《みけん》です。私にも〝目的〟がありますから」

……目的？　と俺たちが眉間にしわを寄せる中、ヴァエル王がぱちんっと指を鳴らす。

すると。

『──グオオオオオオオオオオオオオオオオオオオオオオオオオオッッ‼』

「「「「──なっ⁉」」」」

とっくに避難していると思われていたお付きの女性や衛兵《えいへい》たちが、次々に魔物へとその姿を変えていったのだった。

48章　魔を討つ英雄

「グオアッ！」

——がきんっ！

「ぐっ⁉」

鳥獣型の魔物となった衛兵《えいへい》の攻撃を、俺は双剣《そうけん》にしたヒノカグヅチで受け止める。

だがその膂力《りょりょく》は本当に魔物のものと同等で、俺は攻撃を弾《はじ》くと同時にヒノカグヅチを槍《やり》に変え、なるべく傷つけないよう石突《いしづ》きの方で彼を突き、昏倒《こんとう》させる。

「ったくなんなんだよこいつらは⁉」

「いいから黙って手を動かせ！　最悪足の一本くらいならば吹き飛ばしても構わん！　とにかくこいつらの動きを止めるぞ！」

「そ、そうは言われましても……きゃっ⁉」

「油断してはダメよ！　この人たちは完全に正気を失っているわ！」

女子たちも対応には苦慮《くりょ》しているようで、皆一様《いちよう》に苦虫を噛《か》み潰《つぶ》したような顔をしていた。

そんな中、悠然《ゆうぜん》と微笑《ほほえ》みを湛《たた》えていたヴァエル王が小首を傾《かし》げて言った。

「おや？　どうして殺さないのですか？」

どうやら先ほど俺たちが与えた傷は完全に塞《ふさ》がっているらしい。

たぶん何かしら再生力の高い魔物を取り込んでいるのだろう。

「殺せるわけないだろ⁉　この人たちはさっきまで人間だったんだぞ⁉」

「でも今はただの魔物です。人間を襲《おそ》う凶悪で無慈悲《むじひ》な怪物。一体何を躊躇《ちゅうちょ》する必要があるのです？」

「そうしたのはあんただろうが⁉」

ごうっ！　とスザクフォームを纏《まと》い、俺は片刃剣《かたは》でヴァエル王へと斬《き》りかかる。

が。


――ずしゃっ！


「ギゲエエエエエエエエエエエエエエエエッッ⁉」

「――なっ⁉」

直前で魔物の一体が俺たちの間に割って入ってきた。

そう、〝盾《たて》〟になったのだ。

ずずんっ、とその巨体を横たえる魔物に俺が啞然《あぜん》としていると、ヴァエル王はやはり微笑んで言った。

「王の身を守るのは兵として当然のこと。見事な最期《さいご》でした。後《のち》ほど遺族には褒賞《ほうしょう》を送っておきましょう」

「てめえ……っ」

――ごごうっ！

俺の怒りに呼応《こおう》するかのように全身から炎が溢《あふ》れ出す。

すると、ヴァエル王が思い出したようにこう言ってきた。

「ああ、そうでした。そういえばあなたには死者を蘇《よみがえ》らせることのできる力があったのですね。どうでしょう？　蘇らせて差し上げたら。ええ、それがよろしいです。だってそうすれば遺族も悲しみませんし、また元気に私を守ってくれるでしょう？」

「……」

――今、理解した。

この王は……いや、こいつは〝人ならざるもの〟なんかじゃない。

ただの――〝人でなし〟だッ！

だから俺は決意する。

「……そうだな。でもそれは――あんたをぶっ飛ばしてからだッ！」

今ここでこの男を討《う》つッ！　と。

◇

――ずがんっ！

広間の壁を突き破って外へと飛び出した俺たちは、互いに翼を翻《ひるがえ》して満月のもと睨《にら》み合う。

ヴァエルの翼はまるで飛竜《ひりゅう》のように雄々《おお》しく、その華奢《きゃしゃ》な身体《からだ》には些《いささ》か不釣り合いのようにも見えた。

「美しい翼でしょう？　この力強さを手に入れるのには苦労しました。いくら人体に魔物の細胞を取り込める技術があったとしても、それに適応できなければなんの意味もありませんからね。民たちの献身《けんしん》には本当に感謝しています」

「ふざけんな!?　都合よく実験台にしただけだろうが!?」

「実験台とは人聞きの悪い。彼らは愛する祖国の礎《いしずえ》となったのです。彼らの尊い犠牲《ぎせい》があったからこそ私はこの力を、そして先ほどあなた方が戦った方々は〝死の運命〟から逃れることができるようになったのです」

やはりそういうことか……っ。

元来、〝不治の病《やまい》〟というのは治せないからこそ〝不治〟の病なのだ。

それを治したというから一体どんな技術を使ったのかと不思議に思っていたのだが、まさか魔物の細胞を埋め込まれていたとは……。

「だとしてもあんたの意志一つで魔物に変えられるんだろ⁉」

「ええ、確かに。ですがそれはあなた方のせいです」

「何っ⁉」

「あなた方さえ私の邪魔をしなければ、彼らは人のまま余生《よせい》を過ごしていたことでしょう。そう、あなた方さえいなければね。まったく、余計なことをしてくれたものです。リフィア妃《ひ》でしたか？　大人しく死んでいればよかったものを。未練がましく蘇ってくるなどみっともない」

「なん、だと……？」

その瞬間、俺の脳裏《のうり》に浮かんだのは、涙ながらに感情をぶつけてくるザナの姿だった。

あんなにも彼女たちを悲しませておいて、〝大人しく死んでいればよかった〟だと……っ？

やっと再会できた家族の有り様《あよう》を〝みっともない〟だと……っ⁉

「――――ッ！」

――ごっ！

「がっ⁉」

渾身《こんしん》の拳《こぶし》をやつの顔面に叩《たた》き込み、俺は感情の赴《おもむ》くままに声を荒らげて言った。

「ふざけんなッ！　てめえのせいでザナが、ベルクアの人たちが一体どれだけ辛《つら》い目に遭《あ》ったと思ってんだ!?」

「……やれやれ、やはりあなたとは意見が合わないようですね。残念です。あなたの力があれば、ともに平和な世界をつくっていけたかもしれないというのに……っ」

ぐっと口元の血を拭《ぬぐ》った後、ヴァエルの身体がべきばきと音を立て、明らかに人のそれとは異なるものへと変質していく。

黒く、大きく、身体中を外骨格《がいこつかく》のようなものが覆《おお》い、まるで竜種が人の形を成したかのような――そんな変容を遂《と》げていったのだ。

「以前は力の制御《せいぎょ》ができずに巨大化してしまいましたが、今は違います。何故《なぜ》なら私は〝魔王〟――全《すべ》ての魔物を統《す》べる王なのですから」

「……そうかい。なら俺は地上最強の男でも神の遣《つか》いでもなく、救世の英雄――〝勇者〟としてあんたを討つッ！」

そうして、俺たちの戦いは幕を開けたのだった。

49章　哀れな王さまに炎の手向けを

「おらあッ！」

——ごうっ！

「はは、楽しいですね！　こんなにも胸が躍《おど》るのは久しぶりです！」

どがんっ！　と互いの攻撃がぶつかり合い、巻き起こった衝撃波が大気を激しく震わせる。

俺たちが激闘を繰り広げていたのは、ラストールから少し離れた森の上空。

戦闘前にダメ元で町に被害を出したくない旨《むね》を伝えたところ、意外にもヴァエルがそれを了承したのである。

まだ人としての良心が残っているのか、それともいずれ手駒《てごま》となる者たちを減らしたくないからなのかはわからない。

だがどちらにせよ、俺にとっては好都合だった。

ここでなら全力でやつを叩《たた》きのめすことができるからだ。

「はあああああああああああああッ！」

ゆえに俺は現状持てる全《すべ》ての力を解放してヴァエルに攻撃を仕掛ける。

そしてヴァエルもまた自身に取り込んだ全ての魔物の力を解き放ち、俺を殺すべく襲《おそ》いかかってきた。

「――〝飛竜の尾撃《ドラゴンズウィップ》〟ッッ!!」

――どぱんっ!

「ぐうっ!?」

強靭《きょうじん》な竜の尾がまるで鞭《むち》のようにしなり俺を襲う。

それを片刃剣《かたは》で受けた俺は全身の骨が軋《きし》む中、即座に翼を翻《ひるがえ》し、ヒノカグヅチを斧《おの》へと変えてヴァエルに肉薄する。

「――〝《神纏《グランド》》風絶轟円衝《テンペストブレイク》〟ッッ!!」

――ずしゃっ!

「ぐおっ!?」

俺の一撃を受け止めようとしたヴァエルの左腕ごと胸に斬撃《ざんげき》を刻《きざ》み込む。

風の女神仕込みの属性武技《ぶぎ》――オフィールの得意技《わざ》だ。

「まさか鋼竜《こうりゅう》種並みの強度を誇る私の腕ごと斬《き》り裂くとは……っ」

ですが！　とヴァエルが気合いを入れた瞬間、即座に新しい腕が生《は》え、胸の傷も塞《ふさ》がる。

「この程度では私を殺すことはできませんよ？　何故《なぜ》なら私はぶわっ!?」

途中で大剣の一撃をずがんっと顔面に叩き込む。

悪いがこっちは殺すつもりで戦ってるんだ。

どや顔で自分の力を語ってんじゃねえよ。

「穿《うが》てッ！　清浄なる光の牙《きば》――〝天帝幻朱閃光《サンライトヴァーミリオン》〟ッッ!!」

――どがあああああああああああああああああああああああああああああんっっ!!

「ぐああああああああああああああああああああっっ!?」

続けて《無杖《むじょう》》のレアスキルを持つマグメルお得意の光属性術技《じゅつぎ》がヴァエルの穢《けが》れきった心と身体《からだ》を焼き尽くしていく。

「余裕ぶっこいてる暇《ひま》があるのか？　今は戦闘中だぞ？」

「は、はは、そうでしたね……っ」

さすがのヴァエルも苛立《いらだ》ちを覚えたのだろう。

声音《こわね》から余裕がなくなっていた。
と。

「――グアアアアアアアアアアアアアアアアアアアアアアアアアアアアアアアアアッッ!!」

――どばんっ!

「うおっ!?」

ほぼノーモーションのブレスが俺に直撃し、爆風が辺《あた》りに吹き荒れる。
いくら不死身とはいえ、今のはさすがに効《き》いた。
直前にエネルギー体が集束していたところを鑑《かんが》みるに、恐らくは先ほど玉座《ぎょくざ》の間《ま》でぶっ放そうとしていた《古竜の咆餓吼《エンシエントドラゴニックブレス》》とかいう竜種の一撃だろう。
どうやらあの状態だとエネルギーを溜《た》める時間が格段に短くなるらしい。
やはり一筋縄《ひとすじなわ》ではいかないか。

「砕《くだ》けなさいッ! ――〝喰人鬼の剛腕《ギガントオーグルブロー》〟ッッ!!」

ぶうんっ! と体勢を崩《くず》した俺に、ヴァエルが巨大化した右腕を振り下ろしてくる。

強固な城壁にすら大穴を開けるほどの一撃だ。

直撃すれば文字通り木《こ》っ端微塵《ぱみじん》は免《まぬが》れないだろう。

だが。

「――〝虚月咆天吼《ルナフォースメテオライト》〟ッッ!!」

――どばあああああああああああああああああああああああああんっっ!!

「ぐおおおおおおおおおおおおおおおおおおおっっ!?」

俺は歯を食い縛《しば》り、下から掬《すく》い上げるようにアルカ最強の一撃を叩き込む。

レオリニアではこれに聖槍《せいそう》の力を組み合わせていたが、それでもヴァエルの剛撃を打ち破るには十分な威力《いりょく》だった。

「はあ、はあ……さすがです……。ですが……っ」

今の一撃で吹き飛んだ右半身をヴァエルがぐにゃりと再生しようとする。

が、そんな暇《いとま》など与えるものか！

「はああああああああああああああっ！」

――ずがががががががががっ！

俺は弾《はじ》き飛ばされてきたヒノカグヅチを空中でキャッチし、間髪《かんはつ》入れず双剣《そうけん》での連撃を放つ。

「くっ、そんなもので……ッ！」
舐《な》めるなッ！　とヴァエルが左の大爪《おおづめ》を振りかぶってくる。

「──〝白狼の裂鎧爪《ソードガルムスラッシュ》〟ッッ‼」

──ぶうんっ！

「遅いッ！」
──ずぐしゃっ！

「ぐおおっ⁉」
それを身体を捻《ひね》って躱《かわ》した俺は、そのまま片刃剣に戻したヒノカグヅチを逆手《さかて》に握り、渾身《こんしん》の力を込めてやつの胸部へと深く突き刺す。

「おおおおおおおおおおおおおおおおおおおおおおおッッ‼」
──ごうっ！

「ぐおあああああああああああああああああああっっ⁉」
そしてやつを内部から焼き尽くすべく、俺はヒノカグヅチを激しく燃え上がらせる。
これで終わってくれればよかったのだが、

「……この、程度でえええええええええええええええええええええッッ!!」

――ぐばあああああああああああああああああああああああっ！

「――うおっ!?」

突如《とつじょ》ヴァエルの身体が内側から弾けるように肥大《ひだい》化し、衝撃で後方へと吹き飛ばされる。

――ずずんっ！

そうして地鳴りとともに俺の目の前に降り立ったのは、異形《いぎょう》……いや、〝異様〟としか言いようのない不気味で醜悪《しゅうあく》な存在だった。

竜種をはじめとした複数の魔物の頭部に、触手《しょくしゅ》や甲殻類《こうかくるい》の足などが何本も飛び出た歪《いびつ》な胴体。

何より気味が悪かったのは、それらを人の口らしきものがびっしりと覆い尽くしていることだった。

当然、人だった頃の面影《おもかげ》などどこにもなく、そこにいたのは完全にただの化け物であった。

「……それが、そんな醜《みにく》いものがあんたの目指した〝真実の姿〟なのか……？」

「ゲッ、ゲッゲッ……殺ス……殺ス……ッ」

すでに思考力も失っているらしく、こちらの言葉も理解できてはいないようだ。

恐らくは激情に任せて力を解放したことで、自身の制御《せいぎょ》できる限界を見誤ったのだろう。

「……そうか。ならもう遠慮する必要はないな」

そう静かに告げ、俺はさらに天高く舞い上がる。

そしてヒノカグヅチを弓に変え、ゆっくりとヴァエルだったものへと狙《ねら》いをつけた。

「……ゲヒッ……ヒ、ヒヒッ……」

やつは未《いま》だに何やらぶつぶつと呟《つぶや》き続けているが、まさかこんな結末になろうとはやつ自身、思いもしなかったことだろう。

だがこれで終わりだ。


「――〝重閃多連撃《ファランクスブロー》〟ッッ!!」


――どがががががががががががががががっ！

俺は最大限の力を以《もっ》て、ザナの《重閃多連撃《ファランクスブロー》》をヴァエルだったものへと放ち続ける。

「ギゲエエエエエエエエエエエエエエエエエエッッ!?」

やつの身体が再生する暇を与えないほどの速度で、すでに攻撃する必要がなくなったと確信してもなお、俺は延々《えんえん》と《重閃多連撃《ファランクスブロー》》を放ち続けたのだ。

もちろんこんなことをしてもザナやベルクアの人たちの悲しみは消えやしないだろう。

けれどせめてその怒りをヴァエルにぶつけてやりたかったのである。

「カッ……!?」

そうしてほとんど肉塊《にくかい》と化したヴァエルの前へと俺は降り立つ。

この状態でも息があるのだ。

再生力云々《うんぬん》以前によほど強い〝生〟への執着があるのかもしれない。

と。

――ずどっ！

「……っ」

肉塊から伸びてきた触手が俺の右肩と腹部を貫《つらぬ》く。

同時にくぐもった笑い声が肉塊から聞こえてきた。

「ク、クク……ソウ、ダ……アナタノ肉体ヲ……取リ込メバ、イインダ……。ソウスレバ私、ハ……サラニ強ク、ナレル……」

「……」

どうやら最後の最後で自我を取り戻したらしい。

何故こんな姿になってまで力を求めようとするのだろうか。

……いや、それを考えるのはやめておこう。

たとえこいつに何かしらの理由があったとしても、これだけのことをやらかした以上、ゼストガルド王のように許すわけにはいかない。

ごうっ！　と俺の身体に刺さっていた触手が燃え落ち、さらに触手を伝って炎が肉塊へと燃え移る。

「——ガッ⁉」

「無駄だよ。今の俺は炎そのものみたいなものだ。だから細胞を取り込むことはできない」

「アガアアアアアアアアアアアアアアアアアアアアッ⁉」

「それとあんたは一つ勘違《かんちが》いをしている。魔物たちは決して人間を王だなんて認めやしない。むしろあんたは魔物たちの苗床《なえどこ》になっていただけだ。自分の姿をよく見てみろ。そんな醜いものが王であってたまるか」

「ソ、ソン、ナ……ワ、私ハ、魔物ノ……ッ⁉」

「せいぜい悔《く》やみながら死ぬといいさ。せめてもの手向《たむ》けだ。埋葬がお好みかもしれんが、今回は華々《はなばな》しく火葬であの世に送ってやるよ」

ごごうっ！　とさらに勢いを増す炎に、俺は一人小さく息を吐いていたのだが、

「……申シ、訳……マ、セ……。エリュ、シ……サ……マ……」

「……？」

ふいにヴァエルがそんなことを口にし、俺は眉根《まゆね》を寄せる。

だがそれ以上やつが口を開くことはなく、肉塊は灰燼《かいじん》に帰していったのだった。

《聖女パーティー》エルマ視点16：誰のが貧相ですって!?

地の女神――テラさまから馬鹿《ばか》イグザ一行が風の女神のもとへと向かったことを聞かされたあたしたちは、オルグレンを離れ、東にあるという砂漠地帯へと向かっていた。

もちろん馬鹿イグザのように空を飛べたりはしないので、ポルコともども徒歩での移動になるわけだが、大体こういう感じで旅人たちが荷馬車（今回は幌《ほろ》付き）に乗せてくれたりする。

まあ当然だろう。

だってあたしはこんなにも可憐《かれん》で誰もが振り返らざるを得ない女神のような存在なのだから。

でもだからこそあたしは知ってるの。

世の男たちはこの清純なあたしを汚したくてたまらないということを。

そうよね、男ってそういうものだものね。

どうせあんたもそうなんでしょ？　ポルコ。

知ってるのよ？

あんたが常々《つねづね》あたしのことをいやらしい目で見てるってことをね。

「——あ、聖女さまもおもち食べます？」

「……」


いや、ちょっとはいやらしい目で見なさいよ!?

御者《ぎょしゃ》の人が外で馬を引いてはいるけど、こんな狭い空間に絶世の美女と二人っきりなのよ!?

なのになんでおもちの方にばっか目がいってるわけ!?

あたしのナイスバディを見なさいよ、バディを!?

てか、それ以前にそんなもんいつ買ったのよ!?

いや、さっきの町で買ったんでしょうけど、まずは聖女たるあたしにお伺《うかが》いを立てるところから始めるのが筋《すじ》ってもんなんじゃないの!?

なんなの!?

聖女舐《な》めてんの!?

「で、では一口だけ……」

「はい、美味《おい》しいですよ～」

いや、まあ食べるんだけどね！

お腹《なか》減ってるし！

豚《ぶた》から熱々のおもちを受け取ったあたしは、それをぱくりと頬張《ほおば》る。

うん、甘くて美味しいじゃない。

もぐもぐとおもちを咀嚼《そしやく》しながら、あたしは豚の様子をちらりと窺《うかが》う。

「はふぅ～」

それにしても美味しそうに食べるわね、この豚。

まあだからこそあのたぷたぷなお腹になってるわけだけど。

てか、マジでこの豚あたしのことを女として見てないんじゃないかしら？

むしろ男色の気《け》があるんじゃないの？

だってこんなにも可憐なあたしが四六時中側《そば》にいるのよ？

普通は情欲を抑えきれなくなるもんなんじゃないの？

いや、まああたしは絶対無理だからビンタ一発でさよならって感じなんだけど。

でもそれにしたってまったくそういうのが見えないとイライラするっていうか……って、これだとあたしがまるでこの豚に気があるみたいじゃない!?

そうじゃないのよ!?

あたしの美しさにときめかない男がいることにイライラするの！

だからそう、ポルコは〝男好き〟なのよ！

それ以外にはありえないわ！　と残りのおもちをあたしが一気に呑《の》み込んでいた時のことだ。

「──はうあっ!?」

「?」

突如《とつじょ》ポルコが何かに驚いたように大口で固まったではないか。

どうしたのかとあたしがポルコの視線を追ってみると、そこにはこちらに向けて馬で早駆けしてくる若い女性の姿があったのだが……胸元がとっても豊かだった。

それはもう牛なんじゃないかというくらいにぼんぼんとお跳《は》ねになられていたのだ。

「い、いやはや、まったくけしからんですな！」

「……」

え、ちょっと待って。

万が一にもあり得ないとは思うのだけれど、あたしのお胸がまだ発展途上だから興味がないとかそういう話じゃないわよね？

……。

ちょ、マジで一回しばくわよこのおっぱいマニア!?

「……終わったのね？」

「ああ。ザナの分も合わせてタコ殴りからの火葬であの世送りにしてやったよ」

「……そう。別に気にしなくてもよかったのだけれど……。でもありがとう、イグザ」

優しく微笑《ほほえ》むザナに、俺も「おう」と口元を和《やわ》らげる。

「それで魔物にされた人たちの様子は？」

「とりあえず皆さま身動きがとれない状態にはしてありますが、先ほどから臣下《しんか》の方々が扉を破ろうと必死になっておりまして……」

「そっか……」

まあそりゃそうだろう。

マグメルの言うとおり、扉の前には土属性の術技《じゆつぎ》で岩の壁が作られており、臣下たちの侵入を拒《こば》み続けているようだった。

「ふむ、まあ臣下たちに関してはお前がヒノトリフォームを使って神の遣《つか》いを演じればなんとかなるだろう。だがその前にこの者たちの処遇《しょぐう》をどうするかだ」

「そうだな。たぶん浄化自体はできると思う。前に一度テラさまを元の姿に戻してるからな。あれの縮小版だと思えばいいだけのことだし、スザクフォームの治癒《ちゆ》力があれば延命する要因となった病魔も治せるはずだ。ただ……」

「さすがにこのでけえ国中のやつら全部ってわけにゃいかねえわな」

「うん……。どれだけの人たちが魔物の細胞を埋め込まれてるかもわからないし、たとえわかったとしてもすでに国外に出ている人たちもいるだろうからな……」

「ではどうされますか……？」

控《ひか》えめなマグメルの問いに、俺は決意を秘めた表情で言った。

「水の女神――〝シヌス〟さまに会いに行こう。彼女は〝水〟と〝繁栄《はんえい》〟を司《つかさど》る神さまだ。もしかしたら俺の力を発展させて広範囲に及ばせることができるようになるかもしれない」

「なるほど。たとえばの話ですが、スザクフォームで飛行しながら浄化と治癒ができる可能性もあるということですね？」

「ああ。それをヒノカミフォームでできたら最高なんだけどな。そしたら皆も一緒に来られるし」

と、少々残念そうに言った俺だったのだが、

「ふ、何を馬鹿《ばか》なことを。たとえスザクフォームのみだろうと私はお前についていくぞ？」

「わ、私《わたくし》もです！」

「当然、あたしも行くぜ！」

「右に同じよ。私、あなたと離れるつもりなんてないもの」

「ええ……」

いや、乗れない乗れない乗れない!?

◇

そうしてとりあえず玉座《ぎょくざ》の間《ま》で魔物になった人たちのみを元の姿へと戻した俺は、そのまま臣下の方々を招き入れ、アルカの言ったとおりヒノカミフォームで神の遣い劇場を演じた。

ヴァエルに関しては表向き魔物の襲撃《しゅうげき》によって命を落としたことにし、彼の研究を知っている者たちにはそれが原因で魔物に身体《からだ》を乗っ取られ、神の炎によって浄化されたこと、そして早々にこれらを放棄《ほうき》し、善行に努めなければ同じ天罰《てんばつ》が下るとかなり強い口調で警告した。

神の遣いと聖女たちが直々《じきじき》に言っているのだ。

彼らも二度とこんな馬鹿な真似《まね》をしないと信じたい。

まあ、した時はトゥルボーさまの疫病《えきびょう》フルコースで死ぬまで苦しんでもらうけどな。

一応天罰には違いないし。

ともあれ、あとはこの国の人たちの問題である。

ゆえに俺たちはよき王を選ぶよう臣下の方々に告げ、報告と休息のために一度ベルクアへと戻ってきていた。

「お父さまたちには私から事情を説明しておくわ。だからあなたたちは先に部屋に行って休んでいてちょうだい。アイリスたちが案内してくれるから」

「ああ、わかった。ありがとう、ザナ」

俺がお礼を言うと、ザナは「いいえ、気にしないで」と一度微笑んだ後、ご両親のもとへと向かっていった。

すると、入れ替わるようにぱたぱたとアイリスたちが駆けてくる。

「またお会いできて嬉《うれ》しいです、イグザさん」

「ああ、俺も君に会えて嬉しいよ、アイリス」

くしゃり、とアイリスの小さな頭を撫《な》でてやると、彼女は嬉しそうに頬《ほお》を桜色に染めていた。

ほかの女子たちにもそれぞれザナの妹たちがついてるみたいだし、どうやら一人ずつ部屋を宛《あて》がってくれたらしい。

たださすがにこの状況では〝同室がいい〟とは言いづらいらしく、アルカたちも促《うなが》されるまま指示に従っているようだった。

「ではお部屋にご案内させていただきますね」

「うん、ありがとう」

俺が頷《うなず》くと、ふいにアイリスがどこか恥《は》じらうように上目《うわめ》で言った。

「あ、あの、よろしければ手を……」

「ああ、いいよ」

ぎゅっと彼女の手を優しく握る。

とても小さく柔らかい手だ。

相変わらず可愛《かわい》い子だなと一人ほっこりとしていた俺だったのだが、

「ふむ、さすがはザナの妹といったところか。なかなかに積極的だな」

「ええ、そうですね」

「積極的っつーか、あれは単におませちゃんなだけだろ？　可愛いもんじゃねえか」

「いや、あれはもう立派《りっぱ》な一人の女だ。うかうかしてるとお前の〝妾《めかけ》ランキング〟は最下位になるぞ。まあ今でも乳と尻《しり》のでかさ以外、最下位のようなものなのだがな」

「誰が最下位だ!?　つーか、そういうてめえは何位だってんだよ!?」

何やら後ろの方が騒がしいな……。

てか、俺は別に順位なんてつける気ないんだけど……。

「ふ、そんなものは決まっているだろう？　正妻の私は不動にして永遠の〝一位〟だ」

「はっ、自称正妻の自称一位さまがなんか言ってやがるぜ。そういう寝言はあたしより乳がでかくなってから言うんだな」

たゆゆんっ、と自慢の胸を見せつけるように張るオフィールだが、アルカは「いや」と真顔《まがお》で言った。

「それはやめておこう。お前のように垂《た》れては困る」

「垂れてねえし!?　むしろ張りしかねえし!?」

「あの、お二人ともうるさいです。あと私も垂れてはいませんのであしからず」

と、そんな感じでうちのお嫁さんたちは相変わらずわちゃわちゃしていたのだった。

まあ皆仲良さそうで何よりです。

51章　束の間の休息

ベルクアへと一時帰還《きかん》した俺たちは、しばしの休息をとることにした。

確かに魔物の細胞を埋め込まれた人たちのことは気になるが、ヴァエルがしたように意図的に魔物に変えられない限りは今すぐどうこうなる状態ではないからな。

ここ数日で状況も目まぐるしく変化しているし、今後の旅に向けて一旦《いったん》落ち着こうということになったのである。

というわけで、王族用の大浴場へと赴《おもむ》いた俺だったのだが、

——ぎいっ。

「うむ、背中を流しに来たぞ」

——ぎいっ。

「お背中を流しに来ました……ぽっ」

——ぎいっ。

「おう、背中を流しに来てやったぜ」

――ぎいっ。

「背中でも流してあげようと思って」

――ぎいっ。

「せめてお背中をお流しできたらと思いまして」

「……」

いや、どんだけ皆俺の背中流す気なんだよ!?

てか、気持ちは嬉《うれ》しいけどなんでアイリスまで!? と一人驚く俺だったが、それは女子たちにしても同じだったらしい。

「おい、何故《なぜ》お前たちまでここにいる?」

「そ、それはこちらの台詞《せりふ》です! 大体、あなたさっき〝ふむ、ちょっと夜風にでも当たってくるか〟とか仰《おっしゃ》っていたじゃないですか!?」

何その妙に上手《うま》いものまね……。

「まあ夜風に当たれば身体《からだ》も冷える。だから湯浴《ゆあ》みにきた。そしたら〝たまたま〟イグザがいた。ただそれだけのことだ」

「何を白々しい!? そういう抜け駆けはよくないと思います!」

ずびっとアルカを指差すマグメルだが、

「いや、おめえも〝お花を摘《つ》みに行ってきますね〟とか言ってたじゃねえか」

「えっ？」

即行でオフィールに突っ込みを入れられていた。

「ふ、哀《あわ》れな妾《めかけ》だ」

「あ、あなたにだけは言われたくないですよ!?　嘘《うそ》を吐いていたのは同じじゃないですか!?」

「さて、なんのことやら」

ぐぬぬ……っ、とマグメルが悔《くや》しそうに唇《くちびる》を嚙《か》み締める中、ザナが嘆息《たんそく》して言った。

「……やれやれ、勝手に盛り上がるのはいいのだけれど、ここはベルクアの王女たる私に任せて全員ご退場いただけないかしら？」

「「「……」」」

「な、何よ？」

じとー、とアルカたちに半眼《はんがん》を向けられ、ザナがたじろぐ。

すると、オフィールがそのままの顔で淡々《たんたん》と言った。

「いや、こういう時に権力を振りかざすやつって人としてどうなんだと思ってな」

うんうん、と残りの二人も頷《うなず》く。

「べ、別に間違ったことは言ってないでしょう!?　私はこの国の王女として救国の英雄に恩を返そうとしているのだから!?」

「「「ふーん」」」

「くっ……」

相変わらず胡乱《うろん》な瞳《ひとみ》を向けてくる三人に、ザナの方が折れかけていた――その時だ。

「――でしたら私でも問題ないですね。失礼します」


「え、あ、うん……」

「「「――っ!?」」」

アイリスがすっと四人の脇《わき》を素通りし、俺の後ろで浴場の床に両膝《ひざ》を突く。

そして彼女はそのままタオルに石鹸《せっけん》を擦《こす》りつけると、きちんと泡立《あわだ》ててから俺の背中を洗い始めた。

「どうでしょうか？　痛くないですか？」

「あ、うん。凄《すご》く気持ちいいよ。ありがとう」

「いえ、よかったです」

「「「……はあ」」」

そんな俺たちの様子に女子たちも諦《あきら》めムードになったのか、とぼとぼと各々《おのおの》が自分の身体を洗い始めたのだった。

てか、一緒に入るつもりなのかよ……。

◇

その後、さすがに何もしないのはどうかと思い、アイリスの背中も流してあげようかと尋《たず》ねてみたところ、彼女は恥《は》ずかしそうに顔を赤くしながらもこくりと頷いてくれた。

なので俺はアイリスの小さな背中をまったく邪《よこしま》な気持ちのない状態で優しく洗ってあげていたのだが、

「「「「……」」」」

――じー。

「……」

女子たちからの視線が痛いです……。

というか、なんだそのやべえやつでも見るかのような目は……。

俺は純粋に背中を流してくれたお礼として彼女の背中も流してあげてるだけだぞ？

なのになんで全員で〝もしかしてそっちなのか？〟みたいな顔してるんだよ。

そりゃ確かにアイリスはめちゃくちゃ可愛《かわい》いけど、こんな純粋無垢《むく》で幼《おさな》い子にまで手を出すほど落ちぶれとらんわ。

まったく失敬《しっけい》な、とぷりぷりしていた俺だったが、

「……んっ……あっ……」

「……」

そういうことを考えれば考えるほどアイリスの華奢《きゃしゃ》で丸みを帯びた背中を直視できなくなっているのもまた事実なのであった。

てか、変な声出すのやめてくれないかな……。

健全な行為が健全じゃないように見えてくるわ……。

いや、ある意味健全なんだけど……。

《聖女パーティー》エルマ視点17：あたしの初壁ドンがあああああああああっ!?

風の女神がいるという砂漠地帯に向けて旅を続けていたあたしたちは、その入り口にあたる商業都市――〝アフラール〟までもう少しというところに来ていた。

ただ日も落ちてきたので今日はこの村で宿をとり、明日山越えをしてそのままアフラールに入ろうということになったのだが、

「――やはり女性というのは少々強引にくる男性に弱いと思うのです！」

「は、はあ……」

え、なんであたし、豚《ぶた》の恋愛観なんて聞かされてるの……？

道端に落ちてる魔物のうんちくらい興味ないんですけど……。

あたしが呆然《ぼうぜん》と料理を口に運んでいる間も豚の話は続いていく。

「となると、やはり目指すのは〝俺についてこい系男子〟！　ゆえに私は強い冒険者を目指す

ことにしたのです！」

ぐっと豚が拳《こぶし》を握る中、あたしはちらりと彼のお腹《なか》を見やる。

——ぷるるんっ。

このお腹で俺についてこいねえ……。

「とはいえ、戦闘向きではない私のスキルではいくら頑張っても強い冒険者になることはできませんでした……。ですが私も男の子として生まれた身。一生に一度くらいは素敵《すてき》な女性に対してときめくようなアプローチをしてみたいじゃありませんか」

いや、〝ありませんか〟とか言われても〝知らないわよ〟としか言えないんだけど……。

てか、それ以前にあんたはまず痩《や》せるところから始めるのが先でしょうが。

そのお腹じゃアプローチもクソもあったもんじゃないわよ。

そう内心半眼《はんがん》を向けていたあたしだったのだが、

「というわけで、僭越《せんえつ》ながら聖女さまにお願いがございます」

「えっ？」

ちょっと待って。

なんかすんごい嫌な予感がするんですけど!?

食後の眠気が一気に吹き飛ぶ中、豚は真顔《まがお》で声を張り上げてきた。

「是非《ぜひ》私に――〝壁ドン〟というものを経験させてくださいませ！」

ぎゃあああああああああああああああああああああああああっ!?

ちょっ、何言ってんのよこの豚!?

あたしの初壁ドンをあんた如《ごと》きに捧《ささ》げろって言うの!?

馬鹿《ばか》言ってんじゃないわよ!?

そんなことになるくらいなら今ここで爆発四散した方がまだマシだっての!?

「何とぞご一考を！」

「うっ……」

だが豚は至極《しごく》真剣な表情であたしのことを見つめてくる。

そして慈愛《じあい》の聖女たるあたしがそれを断るわけにはいかない。

こんな馬鹿みたいな願いでも微笑《ほほえ》みながら受け入れるのが、あたしの築き上げてきた〝聖女〟としてのイメージなのだから。

ならば方法は一つしかあるまい。

ゆえにあたしは椅子《いす》から腰を上げながら言った。

「ええ、もちろん構いませんよ」

「おお、ありがとうございます！」

では、と豚も席を立とうとした瞬間、あたしはやつの背後に素早く回り込み、低く体勢を屈めてから神速の抜刀術《ばっとうじゅつ》を以《もっ》て腰から手刀《しゅとう》を抜く。

──しゅばっ。

するとの瞬間、どちゃりと豚が無言でテーブルの上のお皿に顔を突っ込んだ。

「……ふう」

危ないところだったわ……。

やれやれと思いつつ、あたしは気合いで豚をベッドまで運び、証拠の隠滅《いんめつ》を図ろうとしたのだが、

「──きゃっ⁉」

あまりの重さに体勢を崩《くず》してしまう。

そして。

──どんっ！

「……えっ？」

気づくとあたしの目の前に豚の顔があった。

そう、あたしの方が豚に壁ドン……というか、〝床ドン〟してしまったのである。

「ひぎゃあああああああああああああああああああああっっ⁉」

当然、あたしは聖女にあるまじき大絶叫を上げたのだった。

52章　水の女神は海の底

その夜。

「では失礼します」

「あ、うん」

俺はアイリスとともにベッドに入っていた。

もちろんいやらしい意味ではない。

ただ彼女が今日は一緒のベッドで寝てはダメかと、もじもじしながら部屋を訪れてきたのである。

〝いつか妾《めかけ》にしてほしい〟とは言っていたが、たぶん兄的な意味合いで甘えたかったのではなかろうか。

そう思い、俺も添い寝を許可してあげたのだが、

——ぎゅっ。

思ったよりもがっつり抱きついてきてるな。

まあ子どもらしくていいんだけどさ。

「……とても温かいです」

「そっか。じゃあゆっくりお休み」

「はい……」

その小さな頭を優しく撫《な》でつつ、俺はアイリスを寝かしつけようとする。

歳《とし》の離れた妹みたいで可愛《かわい》いなと、俺は純粋にそう思っていたのだが、

「……あの子、さすがに積極的すぎません？」

「ふふ、さすがは私の妹といったところかしらね」

「ふむ、完全にお前の上位互換《じょういごかん》だな」

「じょっ!?」

「いや、だからおめえらはガキに厳《きび》しすぎだっつってんだろ……」

どうやらあそこで覗《のぞ》き見している女子たちには伝わりそうにないらしい。

てか、何してんのあの子たち……。

隠れる気あるのだろうか……。

はあ……、と俺が嘆息《たんそく》している間も、女子たちの論争は続いていたのだが、アイリスはまったく気にする素振りを見せず、嬉《うれ》しそうな顔で俺の胸元に寄り添い続けていたのだった。

◇

そうして俺たちは再び旅立ちの朝を迎え、名残惜《なごりお》しくもベルクアをあとにしたのだが、

「思わぬ強敵が近くに潜《ひそ》んでいましたね……」

「ふ、だが所詮《しょせん》はまだまだ幼子《おさなご》。恐るるに足らん」

「いや、おめえ目の下すんげえ〝くま〟できてんぞ？」

「というか、姉である私の方がどう考えても上位互換だと思うのだけれど？　プロポーションも上だし。ねえ？」

何やら女子たちの間では〝アイリス脅威論《きょういろん》〟が出ているらしい。

まあ確かに素直でいい子だからな。

たとえば十年後とかになったらそれはもう素敵《すてき》なレディへと成長していること間違いなしだろう。

ほかの子たちにもそれぞれ個性が出てきているみたいだし、各々《おのおの》がどんな成長を遂《と》げていくのか、正直楽しみである。

「それはそうと、シヌスさまは海の中にいるんだっけ？」

ともあれ、それよりも今はシヌスさまのもとに向かうことの方が先決だ。

アルカは少々寝不足気味のようだが、しっかりと休養もとれたことだし、気合いを入れ直し

て頑張っていかないと。

「ああ、ババアからはそう聞いてるぜ？」

言わずもがな、彼女の言う〝ババア〟とは風の女神――トゥルボーさまのことである。

女神さま直々《じきじき》の情報であれば疑う余地はないだろう。

「確かここから南方の港町――〝イトル〟の近海でしたね。〝大渦《おおうず》〟が目印《めじるし》だとは伺《うかが》っていますが、問題はどうやって海の中まで行くかでしょうか」

「はっ、んなもん泳いで行きゃいいじゃねえか」

「いや、普通に死にますから……」

「あなた、もしかして脳細胞腐ってるんじゃないの？」

「んだとコラァッ⁉　喧嘩《けんか》売ってんのかてめえ⁉」

いきり立つオフィールを「まあ落ち着け、グレートオーガ」とアルカが宥《なだ》める。

「誰がグレートオーガだ⁉　張っ倒すぞ⁉」

いや、ごめん。

全然宥めてなかったわ。

「とにかく落ち着け。不死であるイグザならばなんとかなるかもしれんが、さすがに私たちには無理だ。とはいえ、それに関してはベルクアの書庫で少々気になる文献《ぶんけん》を見つけてな。なんでもイトルには〝人魚〟とやらの伝説があるらしい」

「人魚？　それはマーマンとは違うのですか？」

「ああ。マーマンはただの魔物だが、人魚は人の言葉を解することのできる種族だという。要はエルフなどの〝亜人種〟と一緒だな」

アルカの話を聞き、オフィールが思い出したように言った。

「あー、そういやぁ昔ババアから聞いたことがあったな。この世界にゃ自然とともに生きる亜人種どもがいるとかいねえとか」

「なるほど。トゥルボーさまのお墨付《すみつ》きなら実在している可能性が高いな。海のことは海で生きる種族に聞くのが一番だろうし、まずはその人魚たちを探してみよう」

「そうですね。恐らくはイトルの方々が何かしらの情報を知っているのではないでしょうか」

「うむ。人々の伝承《でんしょう》や伝説というのは存外馬鹿《ぞんがいばか》にできぬものだからな。私もそれには賛成だ」

「よっしゃ！　なら適当にうめえもんでも食いながら聞いてみようぜ！」

「というか、あなたの場合食べる方がメインになりそうな気がするのだけれど……」

半眼《はんがん》のザナに、オフィールはにっと歯を見せて言った。

「細《こま》けえことはいいんだよ！　とにかくそうと決まりゃさっさと行こうぜ！」

そう無邪気に笑うオフィールの様子に、俺も顔を綻《ほころ》ばせながら告げたのだった。

「よし、ならちょっとスピードを上げるぞ！　皆、しっかり摑《つか》まっていてくれ！」

53章　謎の占い師は口元が妙に色っぽい

そうして件《くだん》の港町――〝イトル〟へと到着した俺たちは、早々に宿をとった後、遅めの昼食を摂《と》る。

さすがは港町と言うべきだろうか。

丸々と太った新鮮な魚介類《ぎょかいるい》の料理の数々を堪能《たんのう》することができて、それはもう大満足のお食事タイムであった。

思わずオフィールが「やべえ、あたしここに住みてえかも……」と素《す》で漏《も》らしたほどだ。

きっと水の女神さまの恩恵でほかの港町よりも魚たちが生命力に満ち溢《あふ》れているのだろう。

ただ最近は近くの海に魔物がよく出没するらしく、漁獲量の方が減少傾向にあるらしい。

ギルドにも討伐《とうばつ》依頼のクエストが貼《は》り出されているそうなのだが、いかんせん相手が海の中なのでなかなか仕留《しと》めることができずにいるのだとか。

なのでもしあとで時間があったらクエスト掲示板を覗《のぞ》いてみようと思う。

「さてと」

上機嫌で昼食を済ませた俺たちは、さっそく手分けして情報収集をすることにした。

そういえば久しぶりの一人行動だなと思いつつ、俺は道行く人々に人魚の伝説について尋《たず》ねてみる。

だがこれといった収獲はとくになく、よくて昔、人魚と恋に落ちた男性がいた的な話くらいしか聞くことはできなかった。

もちろんその男性が生きていれば話は別なのだが、人魚の寿命《じゅみょう》は人よりも遙《はる》かに長いらしく、彼も亡くなっているだろうとのことだった。

何せ、そのお話をしてくれたのもかなりのおばあちゃんだったからな。

彼女が若い頃に聞いた話だというから、やはり望み薄だろう。

「うーん、どうしようかなぁ……」

というわけで、俺は一度宿に戻り、皆と合流しようかどうかを迷っていた。

そろそろ空も茜色《あかねいろ》に染まってきたし、もしかしたら誰かが有益な情報を得ているかもしれなかったからだ。

が。

「――何かお困りごとかしら?」

「えっ？」

ふいに路地裏の方から声をかけられ、俺はそちらへと視線を向ける。

そこにいたのは目元を黒い布で覆《おお》った若い女性だった。

そう、占い師さんだ。

どうやらこの狭い路地裏で商売をしているらしい。

目元が覆われているせいか、口元になんとも言えない色香《いろか》を感じるが……まあそれは置いておこう。

なんとなく彼女のことが気になった俺は、誘われるように路地裏へと入っていった。

スキルの中には〝予知〟に近いものがあると聞いたことがあるし、ダメ元で話を聞いてみるのもいいかと思ったのである。

「あー、人魚を探してるんですけど、何か心当たりがあったりはしませんか？」

「人魚……。それは随分《ずいぶん》と珍《めずら》しいものを探しているのね」

「ええ、まあ。ちょっと事情がありまして」

「そう。じゃあ少し占ってみましょうか」

「あ、お願いします」

俺が頼むと、女性は目の前にあった水晶玉に両手をかざす。

すると、水晶玉が淡く輝き始めた。

魔石とは違うみたいだが、何か魔力にでも反応する道具なのだろうか。

「なるほど。あなたは随分とモテるようね。多くの女性に囲まれている姿が見えるわ」

「え、いや、あの……」

あながち間違っちゃいないんだけど、それは人魚に関係あることなのだろうか。

むしろ関係あるからこそなのか？

わからん……、と一人難しい顔をする俺だったのだが、

「──不死の鳥を囲うのは七人の聖なる乙女《おとめ》たち」


「──っ⁉」

ふいに女性がそんなことを口にし、俺はぎょっと目を見開く。

今、なんと言った……？

不死の鳥と、七人の聖なる乙女たち……っ⁉

それって俺と聖女たちのことなんじゃないのか⁉

眉《まゆ》をハの字にしたまま固まる俺に、女性は続ける。

「そのうちの一人がどうやら人魚と関係があるみたいね。ただし一筋縄《ひとすじなわ》ではいかないと出ているわ。そしてあなたはもう彼女がどこにいるかを知っている。それが占いの結果よ」

「い、いや、ちょっと待ってください!?　俺はその人がどこにいるかなんて知りませんし、そもそもどうして俺たちのことを知っているんですか!?　もしかして何か未来予知ができるスキルを持っているとか!?」

捲《まく》し立てるように問う俺に、女性はふふっと蠱惑《こわく》的に笑って言った。

「それは企業秘密よ。でも一つだけあなたに助言をしてあげる」

「助言……？」

「ええ。私の占いを必ず胸に留めておきなさい。あなたはいずれ七人の乙女たちとともに何か大きな運命に抗《あらが》うことになるわ。その際に必要なのは七人の乙女の力。いいかしら？　必ず〝七人〟揃《そろ》えるの。わかったわね？」

「わ、わかりました。言われたとおり、胸に留めておきます」

「ふふ、いい子ね。ほら、あなたのお仲間が迎えに来たわよ？」

「えっ？」

女性の視線を追うように後ろを振り返るも、そこに俺の見知った女子たちの姿はなかった。

「え、あの、誰もいませんけど……って、あれ!?」

しかも視線を前に戻すと、件の女性の姿すらそこにはなかった。

「え、あれ!?　お、お姉さんはいずこに!?　てか、お代は!?」

きょろきょろと慌《あわ》てて周囲を見やるも、やはり女性の姿は見当たらず、俺は愕然《がくぜん》とする。

と。

「──お、ここにいたのか。捜したぞ」


「……アルカ？」

女性の言ったとおり、俺の仲間の一人──アルカがその姿を現したではないか。

ということは、先ほどまでの話は全部現実……？

「──っ!?」

と、そこで俺は気づく。

彼女は七人の聖女たちが俺を囲っていると言った。

そう、〝七人〟である。

つまり……。


──え、エルマが入ってるじゃねえかあああああああああああああああああああっっ!?

当然、内心大絶叫の俺なのであった。

……よし、とりあえず落ち着け。

確かにあの女性は七人の聖女たちが俺を囲い、七人が揃《そろ》うことではじめて〝運命〟とやらに抗《あらが》えると言った。

が、別にエルマ……〝剣〟の聖女でなければならないとは言われていないし、七つの聖具を全《すべ》て集めろとも言われてはいない。

そもそも聖具は聖女用に古《いにしえ》の賢者《けんじゃ》が拵《こしら》えたもので、女神さま方が作ったものじゃないからな。

超強力な武具類には違いないのだけれど、ベルクアの技術者たちも限りなくオリジナルに近い聖弓《せいきゆう》を作っていた以上、今回の件にそこまで関係はないはずである。

ということは、だ。

――おめでとう、アイリス。君が七番目の聖なる乙女《おとめ》です。

……。

いや、だってそうだろ!?

どう考えてもエルマよりアイリスの方が俺を慕《した》ってくれてるし!?

てか、あのエルマが俺のことを好き好き大好きなんて言うわけないだろ!?

あいつがそんなことを言ってきた日には冗談抜きで世界が滅ぶわ!?

……と、いかんいかん、つい熱くなってしまった。

冷静に考えてみれば、別に俺の側《そば》に七人の聖女がいると言われただけで、全員が全員俺に好意を持っているとは言われていないのだ。

ならまあ非常に不本意ではあるのだけれど、エルマの可能性もなきにしもあらずということにしておこうと思う。

しておこうとは思うのだが……やはりちょっと待ってほしい。

アイリスは〝弓〟の聖女の力――すなわち《天弓《てんきゅう》》のスキルを持っている。

紛《まぎ》れもない聖女の一人なのだ。

むしろほかの妹たちを合わせれば、現時点で十人の聖女たちが揃っているということになる。

うん、七人どころの話じゃないし、もうこれでいいんじゃないだろうか。

まだ幼《おさな》いアイリスたちを戦わせるのはどうかと思うけど、エルマよりは断然信用できるし、背中を預けることだってできるからな。

もうそれしかないと思う。

むしろそれでお願いします、マジで……。

というわけで、俺は断言した。


「――やっぱりアイリスだな」


「「「……はっ？」」」

その瞬間、女子たちが呆然《ぼうぜん》と固まり、俺は自分の置かれている状況を即座に理解する。

「い、いや、今のは違うんだ⁉　どう考えてもアイリスしかいないっていうか……って、そういうことじゃなくてね⁉」

「「「……」」」

――じとーっ。

当然、誤解が解けるまでしばしの時間を要したのだった。

◇

「それでそのあからさまに怪《あや》しすぎる女に言われたことを鵜呑《うの》みにして、一人悶々《もんもん》と考えを巡《めぐ》らせていたというわけか」

「……はい、仰《おつしや》るとおりです」

言わずもがな、一人しょんぼりと小さくなっているのは俺である。

もうここまで来たら全ての事情を話すしかないと腹を括《くく》ったのだ。

「だがこれで合点《がてん》がいった。何故《なぜ》《不死鳥》のスキルを持つお前があれほどの剣技を扱えていたのかと不思議に思っていたのだが、元々〝剣〟の聖女のパーティーにいたのであればそれも頷《うなず》ける話だ」

「ああ、エルマ……その聖女は俺の幼馴染《おさななじ》みでな。あまりにも性格がわがままで人間扱いすらされなかったから、耐えきれなくなって抜けてきたんだ」

「そうでしたか……。まさかそのような辛《つら》い思いをされてこられていたとは……」

俺の心情を慮《おもんぱか》ってくれたのか、胸を痛めている様子のマグメルに、俺は笑いかけながら言う。

「いや、でも今は皆がいてくれるから俺は幸せだよ。気遣《きづか》ってくれてありがとな、マグメル」

「い、いえ、私《わたくし》はそんな……」

ぽっ、と頬《ほお》を朱色に染めるマグメルを俺が微笑《ほほえ》ましく思っていると、オフィールが不思議そうに腕を組んで言った。

「しっかしその女は一体何もんなんだ？　あたしたちのことを全部言い当ててたんだろ？」

「ああ。しかもアルカが捜しに来ることまで予言していたし、気づいたらいなくなってたんだよな……」

今思い出してみても本当に不思議な人だったと思う。

オフィールの言うとおり、一体何者だったのだろうか。

「そうね、現段階ではなんとも言えないのだけれど、ただ迂闊《うかつ》に信用しない方がいいとは思うわ。どう考えても怪しすぎるもの」

「そうですね……。危うくアイリスルートに突入されるところでしたし……」

いや、それは関係なくない？

てか、〝アイリスルート〟ってなんだよ……。

「ただそこまで言い当てたやつが〝人魚に聖女が関係している〟と言ったのだろう？　罠《わな》かもしれんが、その情報を探ってみるのはありだと私は思う。いかんせんほかの情報がなさすぎるからな」

そうなのである。

結局ほかの皆も有益な情報を得ることはできなかったのだ。

「そうだな。俺にはまったく見当もつかないんだけど、俺がすでに彼女のいる場所を知っているとも言っていたし、まずはそこから色々と考えてみよう」

「おう、了解だ。んじゃまずは腹拵《はらごしら》えでもしようぜ。腹が減ってちゃ戦《いくさ》もできねえからな」

そう不敵に笑うオフィールに、俺たちも大きく頷いたのだった。

《聖女パーティー》エルマ視点18：ちょ、どこへ行くのよ、豚!?

思い出したくもない悪夢の床ドン事件から一夜明け。

朝一で村を出発したあたしたちは、順調に山を越え、なんとか日が沈む前に商業都市アフラールへと到着していた。

さすがはあたしというべきか、豚《ぶた》に壁ドン諸々《もろもろ》の記憶は残っておらず、食事の途中で寝落ちしたと思い込んでいるようだった。

まああたしの中では一生もののトラウマが残ったんだけどね！

もしあれで唇《くちびる》まで奪われていた日には、もう豚をミンチにしたあとにあたしも爆散して死ぬ所存《しょぞん》だったわよ！

まったく油断も隙《すき》もありゃしないわ！

「とりあえず宿をとりましょうか。日も暮れてきましたし、本格的な調査は明日からにしましょう」

ともあれ、あたしはいつも通りの聖女スマイルで豚にそう促《うなが》す。

が。

「ぶ、ぶひ～……。あ、暑い……」

「……」

いや、なんでもうへばってんのよ!?

あんた、荷台で揺られてただけでしょうが!?

てか、あんた低レベルだけど《火耐性》あるでしょ!?

誰がわざわざマルグリドで習得させてやったと思ってんのよ!?

ちょっとは気張りなさいよね!?　と内心突っ込みの止まらないあたしだったが、それを顔に出すようでは聖女失格である。

ゆえにあたしはやはりお淑《しと》やかかつ女神のような面持《おもも》ちで豚を気遣《きづか》った。

「だ、大丈夫ですか？　ポルコ。もう少ししたら気温も下がると聞きましたし、手を貸しますからとりあえず木陰《こかげ》に移動しましょう」

「も、申し訳ございません……」

――べちょっ。

「……」

あ、汗《あせ》ええええええええええええええええええええええっっ!?

◇

危うく勢いで豚を処刑しかけたのはさておき。

翌朝、あたしたちは風の女神が住まうとされている砂嵐地帯に向けてサンドホーンの引く砂漠専用の船を走らせていた。

ちなみに、〝サンドホーン〟というのはこの地域に生息するという大きな馬型の魔物で、気性が大人しい上にパワーがあるため、砂上の移動手段としてよく用いられているらしい。

そしてあたしたちが何故《なぜ》風の女神の所在と思《おぼ》しき場所を摑《つか》めたかというと、それは気温が下がって復活したポルコが汚名返上とばかりに町中を駆け巡《めぐ》ってくれたおかげである。

何よ、やればできるじゃない、とあたしもポルコの健闘を内心讃《たた》えていたのだが、

「ぶ、ぶひゅ～……」

「……はあ」

やっぱり日中はこの有り様《あさま》であった。

どうせこうなることは予想済みだったので、宿で待つよう告げてはみたものの、「いえ、聖女さまの御身《おんみ》に何かあっては申し開きができません！」と無駄な男気を出してくれやがったの

である。

いや、どう見てもあんたの方が蒸《む》し焼きになる寸前でしょうが……。

もーだから宿で待ってろって言ったのにー……。

そんなあたしの思いもむなしく、船は件《くだん》の砂嵐地帯へと到着する。

人々の話だと、あの砂嵐の中に風の女神がいるらしいのだが、あそこに一度足を踏み入れた者は皆方向感覚を奪われ、二度と戻ってはこられないのだとか。

恐らくはそういう類《たぐい》の結界《けっかい》なのだろう。

さて、どうしたものかしら……、とあたしが頭を悩ませていると、豚が汗まみれで隣に並んできた。

「は、はふぅ〜……。こ、これが例の砂嵐ですか……」

「え、ええ、そのようですが……大丈夫なのですか？」

「はっはっはっ、このくらいなんとも……あっ」

「えっ？」

その瞬間、豚が足を踏み外して砂の斜面を転がっていった。

「せ、聖女さまあああああああああああっ!?」

「ちょ、豚……じゃなかった!?　ぽ、ポルコおおおおおおおおおおっ!?」

そうしてころころと転がり続けた豚は、そのまま砂嵐の中へと容赦《ようしゃ》なく突入していってしまった。

あーもう!?

こんなの追わないわけにはいかないじゃない!?

なのであたしも急いで豚のあとを追ったのだが、

「――むっ？　何故我が領域の抜け道を知っている？　貴様らはなんだ？」


「……へっ？」

いつの間にやらあたしたちの目の前に子連れの女性が立っていたのだった。

え、ここどこ……？

てか、もしかしてこの人……。

「ふむ、愚《おろ》かにも我が問いに沈黙で答えるか。いいだろう――死ね」

――じゃきんっ。

「～っ!?」

ひいいいいいいいいいいいいいいいいいいいっ!?

どこからともなく大鎌《おおがま》を取り出した女性に、当然あたしは血の気が引く思いなのであった。

あとがき

お久しぶりです。

皆さまのおかげでこうして二巻目をお届けすることができるようになりました。

本当にありがとうございます。

あとがきから読まれる方もいらっしゃると思いますので、極力ネタバレは避ける方向で本作の紹介などをさせていただけたらと思います。


前回、〝槍《やり》〟の聖女アルカディアと〝杖《つえ》〟の聖女マグメルをお嫁さん兼仲間にしたイグザは、〝地〟の女神テラの言葉に従い、勇者パーティーとして〝風〟と〝死〟を司《つかさど》る女神トゥルボーのもとへと向かいます。

が、彼女のいる砂漠地帯の入り口ともいうべき町――商業都市アフラールで彼らが出会ったのは、盗賊団を率《ひき》いて町を襲《おそ》う〝斧《おの》〟の聖女オフィールでした。

一体何故《なぜ》人々の希望であるはずの聖女が町を襲っているのか。

彼女もまたイグザのお嫁さんになってしまうのか。

そしてヒノカミさまの御使《みつか》いの名が〝イグザ〟であることを知ってしまったエルマの運命や

いかに――!?

というような感じの本作ですが、口絵でがっつりネタバレしているのはさておき。

前回のアルカディアもさることながら、今回のオフィールもまたマッパニナッタ先生が本当に素晴らしいお仕事をしてくださっております。

基本的にオフィールはおっぱいこそ作中最大サイズではあるものの、パワー系筋肉女子なので、カバーやキャラ紹介でもその勇ましさや逞《たくま》しさの方が際立《きわだ》っていたと思うのですが、そんなムキムキのお姉さんがまさかあんなエロいことになろうとは……。

正直、イラストをいただいた瞬間、「エロ!?」以外の言葉が出てこなかったです。

とくにマッパニナッタ先生は汗《あせ》などの表現力が本当に凄《すご》いので、イラストが一層扇情《せんじょう》的に見えるといいますか……。

もちろん口絵だけでなく、挿絵《さしえ》の方も最高の仕上がりとなっております。

物語の方も前回以上に大幅な加筆修正を行いましたので、合わせて楽しんでいただけたら幸いです。

本作には〝斧〟の聖女オフィールのほか、〝弓〟の聖女ザナも登場しますので。

さて、まだ行数も残っているようなのでちょっとした小話を一つ。

そろそろお気づきの方もいらっしゃるとは思いますが、聖女たちは皆〝理想郷〟から名前をつけられております。

アルカディアは言わずもがな、エルマは〝エルドラド〟、マグメルは〝マグ・メル〟、オフィールは〝オフィル〟、ザナは〝ザナドゥ〟といった感じですね。

どういう理想郷なのかに関しては少々スペースが足りないので、もし興味がありましたら是《ぜ》非《ひ》グーグル先生などで検索してみてくださいませ。

というようなところで謝辞《しゃじ》の方に移らせていただけたらと思います。

イラストレーターのマッパニナッタさま、今回もこの上なく素晴らしいイラストを本当にありがとうございました。

担当編集さま並びに本作の刊行に携《たずさ》わってくださいました全《すべ》ての皆さま。

そして何より本作をお手に取り、このあとがきを読んでくださっている読者さまに心よりのお礼を申し上げます。

この度も本当にありがとうございました。

今後とも応援のほど、どうぞよろしくお願いいたします。

くさもち

ダッシュエックス文庫

パワハラ聖女の幼馴染みと絶縁したら、何もかもが上手くいくようになって最強の冒険者になった2
～ついでに優しくて可愛い嫁もたくさん出来た～

くさもち

2021年6月30日　第1刷発行

★定価はカバーに表示してあります

発行者　北畠輝幸
発行所　株式会社　集英社
〒101−8050　東京都千代田区一ツ橋2−5−10
03(3230)6229(編集)
03(3230)6393(販売／書店専用)　03(3230)6080(読者係)
印刷所　図書印刷株式会社
編集協力　法貴仁敬(RCE)

ISBN978-4-08-631424-4 C0193